ein Ullstein Buch

Ullstein Buch Nr. 4600
im Verlag Ullstein GmbH,
Frankfurt/M – Berlin – Wien

Ungekürzte Ausgabe

Umschlagentwurf:
Hansbernd Lindemann

Printed in Germany 1975
Gesamtherstellung:
Ebner, Ulm
ISBN 3 548 04600 2

Theodor Fontane

Reisebriefe vom Kriegsschauplatz Böhmen 1866

Herausgegeben von
Christian Andree

ein Ullstein Buch

INHALT

I DRESDEN

Also nach dem Kriegsschauplatz! Die Wege waren geebnet und entgegenkommendes Vertrauen hatte mir sogar die »weiße Binde mit dem rothen Kreuz« eingehändigt. Sie war ein Freipaß, aber vielfach doch auch die Quelle von Beschämung und Verlegenheiten. »Wir wünschen Ihnen Glück zu Ihrem schönen Beruf«, mit diesen Worten nahm man im Coupé mehr denn einmal Abschied von mir, und dieser »schöne Beruf« bestand doch nur darin, gelegentlich über Kranke zu schreiben, nicht Kranke zu pflegen. Die weiße Binde führte auch zu diskreten Mittheilungen, die meine Situation fast noch peinlicher machten. Man appellirte, so zu sagen, an eine höhere Instanz. »Denken Sie sich, mein Neffe stürzt bei Königgrätz vom Pferde. Er fällt sich den Arm aus, schlimm genug, aber der Doktor nimmt es für Knochenbruch. Also Gypsverband. Ach, diese ewigen Gypsverbände! Nun liegt der arme Junge in Magdeburg und verbringt seine Tage zwischen Chloroform und Flaschenzug.« Gegen Mittag lag Dresden im Sonnenscheine vor uns. Es scheint mein Schicksal, immer nur im Gefolge preußischer Regimenter in die sächsische Hauptstadt einzuziehen. Zuletzt 1849. Die Maitage waren damals eben vorüber, die Granitstein-Barrikaden Sempers eben weggeräumt und die an Eisenstangen hängenden Gewerks- und Wirthshausschilder in der Scheffelgasse waren von preußischen Kugeln noch wie durchsiebt.

Das war vor siebzehn Jahren. Heute fehlten die Kugelspuren, und doch eine eroberte Stadt! Die Neustädter Wache war von 24er Landwehr besetzt und eine mächtige schwarzweiße Fahne hing vom Dach bis zu den Treppenstufen nieder. Ein leiser Wind bauschte sie auf, wie ein Segel. Nun, Glück auf und gute Fahrt!

Wir nahmen Quartier im Hotel Bellevue. Oberst v. Mertens (der Befestiger Düppel-Alsens) war mit zu Tisch; an der Wand uns gegenüber befanden sich drei Konsolen und die Büsten König Johann's und seiner beiden Prinzen sahen auf die bunte Reihe preußischer Uniformen nieder.

Erster Ausflug natürlich auf die Brühl'sche Terrasse. Ich fand hier Alles schwärzer, rußiger geworden, nichts von der Heiterkeit und Eleganz, die sonst hier wohl ihre Stätte hatten. Aber die Aussicht war schöner denn je. Nach beiden Seiten hin hat sie gewonnen, nach rechts hin durch die drei großen weißschimmernden Schloßbauten, die den Namen der Albrechts-Burgen führen, nach links hin durch die schöne Eisenbahnbrücke, die – ähnlich wie die Glienicker Brücke bei Potsdam – eine überaus malerische Linie durch den Strom zieht.

Das Dresdener Leben scheint sich seit den vierziger Jahren immer mehr an das Elbufer gezogen zu haben. Das Hotel Bellevue ist entstanden, das bescheidene »italienische Dörfchen« ist zu einer großen Anlage geworden, die Bildergallerie – und das ist die Hauptsache – hat ihren Platz auf dem Neumarkt aufgegeben und sich in einem neu und prächtig errichteten »Museum«, das die beiden alten Zwinger-Flügel verbindet, niedergelassen.* Die preußische Herrschaft ist inzwi-

* Ein Regenschauer gab mir anderen Tages eine erwünschte Gelegenheit zu einem flüchtigen Besuch der Gallerie. Ich be-

schen noch einen Schritt weiter gegangen und hat den weiten unregelmäßigen Platz, der zwischen Schloß, Theater und Zwinger liegt, zu einem Parade- und Exerzierplatz umgeschaffen. Erst ein Märkisches (Ruppin), dann ein Thüringisches (Erfurt) Landwehr-Bataillon schwenkte in Zügen und Halbzügen auf und ab, wobei die preußischen Trommeln von einem neu-kreirten Musik-Corps nothdürftige Unterstützung empfingen. Von Publikum hatte sich wenig eingefunden. Vielleicht war der Sonnenbrand Schuld. Andere sagen, die Dresdener grollten, daß man ihnen nicht einmal eine volle Regiments-Kapelle zurückgelassen habe.

Wir nahmen einen Wagen und fuhren in den großen Garten, dann rechts hinüber in den Plauenschen Grund. Die Befestigungen, die den großen Garten dicht umzirken, mögen dem sächsischen Auge eine Pein sein, aber nirgends hat der Garten selbst unter diesen Anlagen gelitten. An einzelnen Punkten stiegen wir aus und gesellten uns zu den kaffeetrinkenden Gruppen. Ein Gespräch vermieden wir. Was uns immer wieder und

gnügte mich mit einem Anschauen der bekannten Prachtstücke und zwischen den beiden Madonnen, der deutschen und der italienischen, schritt ich durch die lange Reihe der Säle ein paar Mal auf und ab. Ueber die Sixtina, die ja immer wieder dazu auffordert, in ihre tiefdunklen, dabei in beinahe hektischem Glanze leuchtenden Augen eine Welt hineinzugeheimnissen, kein Wort weiter; aber über die Holbein'sche Madonna eine kurze Bemerkung. Die Stiche, selbst die besten, geben den Ausdruck ihres Kopfes nur unvollkommen wieder. In all diesen Nachbildungen überwiegt ein strenger, deutsch-matronenhafter, fast ans Hausmütterlich-Philiströse streifender Zug, während das Original vor Allem auch einen Zug von höherer Schönheit, Lieblichkeit und selbst Jugendlichkeit aufweist, wodurch die Gesammt-Erscheinung, aus dem blos Hausmütterlichen heraustretend, erst in Wahrheit zur Madonna wird.

wieder auffiel, war eine gewisse Kärglichkeit der äußeren Erscheinung. Ich wählte absichtlich diesen mildesten Ausdruck, weil ich ein tiefes Mitgefühl mit den Sachsen habe und weil ich die ohnehin Schwergekränkten nicht auch noch durch Bemerkungen über ihr Aeußerliches (worin die Menschen immer am empfindlichsten sind) kränken möchte. Aber es läßt sich die Sache nicht ganz verschweigen. Man begegnet – nicht in einzelnen Exemplaren, sondern gruppenweise – völlig aztekenhaften Erscheinungen und es drängt sich Einem mehr und mehr auf, daß diese stagnirenden Verhältnisse durchaus eines starken Luftstroms von außen her, einer Regeneration bedürfen. Es ist wahr, daß diese Dinge, wie richtig die unmittelbare Beobachtung sein mag, dennoch oft täuschen. In einzelnen Schweizer-Kantonen hat man der kleinen, hageren, blutlosen Bevölkerung gegenüber, auch den Eindruck des Degenerirten und trotz alledem sind es – Schweizer. Auch die Sachsen, in so vielen Kämpfen bewährt, dürfen eben jetzt wieder auf die Tage von Gitschin und Königgrätz hinweisen, wo sic musterhaft alle soldatischen Tugenden geübt, aber es ist eine alte Wahrnehmung aus Römertagen her, daß das, was sich bis zuletzt hält, bis zuletzt die Kraft vergangener Zeiten repräsentirt, das Heer ist. Eine Armee kann noch Nerv haben, wenn das Volk als Ganzes längst um diesen Nerv gekommen ist.

Wir kehrten in die Stadt zurück. Die sonst so entgegenkommende Bevölkerung – die übrigens auch jetzt an ihrer traditionellen Höflichkeit festhält – bewährte überall eine sehr reservirte Haltung. Ich muß das loben und ich begreife meine Landsleute nicht, die beständig über Abwehr, kalte Glätte oder gar über Tücke klagen. Es will mir durchaus erscheinen, daß die Beklagten in dieser Kontroverse mehr Recht haben, als die Kläger, und daß es hart ist, von dem Besiegten die heitere Weltanschauung des Siegers zu verlangen. Unsere Soldaten verfahren dabei vollständig *bona fide,* aber dadurch wird die Sache um kein Haar breit geändert. Alle Preußen – auch die Malkontenten, die zu Haus eine beständige, ihren Nerven und ihrer Verdauung wohlthuende Opposition machen – sind im Grunde genommen stolz darauf, Preußen zu sein, und betrachten ihre Ueberlegenheit als etwas so Ausgemachtes und Weltkundiges, daß sie überall Böswilligkeit vermuthen, wo sie einer entgegenstehenden Stimmung begegnen. Sie sprechen in solchem Falle ohne Weiteres von Eigensinn und Tücke und thun nicht das Geringste, um der Empfindungswelt des Besiegten auch nur annähernd gerecht zu werden. Welche Bemerkungen habe ich äußern, welche kurzgefaßten Kritiken – ohne jede Rücksicht auf sächsische Ohren und Herzen – über die Table d'hote hinüber machen hören! und nicht etwa leise, sondern mit der ganzen, einschneidenden Deutlichkeit des märkisch-preußischen Accents. Alles wurde angezweifelt: Treue, Glauben, Sitte, selbst Herr v. Beust und – die Brühlsche Terrasse; und das Letztere wenigstens ist unerhört!

Unter allen Umständen aber sollten wir dessen eingedenk sein, daß es für gefrühstückte Leute leicht ist, über Hunger zu plaudern, und daß diejenigen, deren Patriotismus eben von einer guten Mahlzeit kommt, nicht allzu hart urtheilen sollten über diejenigen, deren Vaterlandsgefühl durch bittere Tage der Entbehrung gegangen ist.

II NACH PRAG

Die 24er, die in Dresden lagen, waren die speziellen Landsleute meines Reisegefährten; aus seinem eigenen Dorfe waren ein halbes Dutzend und darüber eingezogen. Er ging jetzt, sie aufzusuchen. Das gab Scenen, wie sie nur in Preußen vorkommen können: der Bauer- und Büdnersohn im Geplauder mit seinem Gutsherrn, respektvoll und herzlich zugleich, kein Knechtssinn und kein Dünkel, Vertrauen und Theilnahme in schönem Austausch. Wir konnten unseren Dresdener Aufenthalt nicht schöner beschließen.

Etwa zwei Uhr ging der Zug. Die Fahrt, das Elbthal hinauf, ist entzückend, und die vielgenannten Felspartieen, kommend und gehend, umtanzen fast den Reisenden, wie Bäume des Waldes. Angesichts des Königsteins mit seinem dichtbewaldeten Plateau wurden wir des Ausspruchs einiger Artillerie-Offiziere eingedenk, mit denen wir am Abend vorher auf der Brühlschen Terrasse gesessen und die Kühle des Abends durch eine an Zahl immer wachsende »Batterie« bekämpft hatten. Die Herren erzählten unter Lachen, daß es ernstlich beabsichtigt gewesen sei, den Königstein vom Lilienstein aus zu beschießen. »*Pourquoi tant de bruit pour une omelette*. Wir nehmen irgendwo Position, hoch oder niedrig, schießen das Waldplateau in Brand und räuchern die Besatzung aus ihrem Felsennest heraus.« Ich referire nur. Junge Artillerie-Offiziere haben leicht etwas Schwärmerisches und sehen den 24-Pfünder mit dem Auge einer ersten Liebe an.

In Bodenbach (an der Grenze) war Halt, eine Stunde oder mehr. 13er Landwehr füllte den Warte-Saal und vertrieb sich die Zeit mit Domino- und Karten-Spiel. So gut war es uns nicht beschieden. Wir schritten den Perron seiner ganzen Länge nach immer wieder auf und ab, tranken Bier und Kaffee verzweifelt durcheinander, umsonst, die Wartezeit wollte kein Ende nehmen. Der Wirth, in richtiger Schätzung preußischen Silbers, gab uns Unterricht in österreichischer Kreuzer-Rechnung und zu klarerer Darlegung der Exempel, wurde ein Thaler in Zehnkreuzer-Scheine umgewechselt. Diese letztern sah ich zum ersten Male; ich fand sie (der Wirth hatte mir unbeschmutzte und unzerrissene gegeben) gar nicht so übel und bat um mehr. Darauf mochte es abgesehen sein. Ich empfing nun eine ganze Hand voll kleiner, zusammengeklebter Zettelchen, die ich bemüht war, wie später auf der ganzen Reise, rasch wieder los zu werden. Dazu ist einem nun in Böhmen die andauerndste Gelegenheit gegeben. Zahlreicher als die Heiligen-Bilder stehen die Bettler am Wege und was die Bettler nicht erbitten, das giebt man den Kindern, die überall aus der Erde wachsen und dabei etwas Einschmeichelndes haben, freiwillig.

Endlich das Signal; wir fuhren in Böhmen hinein, die Obstbäume wurden immer zahlreicher, die Bestellung der Felder immer sorgloser. Bei Außig zweigt die Bahn nach Teplitz ab; nur ein einziger Fahrgast verließ die lange Wagenreihe, um bei den Tepel-Quellen Genesung zu suchen. Sein Umfang und sein Teint ließen die Kur allerdings als dringlich erscheinen. Das Gespräch drehte sich natürlich um Krieg, man sprach von Podoll und Podkost, von Sobotka und Gitschin, und während der

Meinungsaustausch immer heftiger lärmte, dachte Niemand daran, daß wir inzwischen die Felder passirten, auf denen (1426) die große Hussitenschlacht geschlagen wurde, die vielen Tausend »Meißnern« das Leben kostete. Das war ein Tag, so wichtig, so folgenreich, fast wie der Königgrätzer Tag von heute. Und doch – vergessen!

Wir traten alsbald in den Kreis eines anderen Schlachtfeldes ein – L o w o s i t z. Lowositz ist Stationsort und die Bahnhofsleute deuteten uns an, daß es »wohl eine halbe Stunde dauern könne«. Dies war eine versteckte Aufforderung zu einer Abendmahlzeit. Die Lust dazu war auch da, aber die Ausführung hatte ihre Schwierigkeiten. Lowositz liegt innerhalb des Theresienstädter Festungsrayons und nur die Eisenbahn selbst, wie eine Etappenstraße durch fremdes Gebiet hindurch, ist von Seiten der Theresienstädter (österreichischen) Commandantur dem preußischen Verkehr freigegeben. Wir waren also in unseren Waggons und allenfalls auch auf dem Perron in völliger Sicherheit; das dreißig Schritt entfernte Gasthaus aber, aus dessen rothem Dach eben eine stille Rauchwolke aufstieg und unsere Phantasie angenehm anregte, lag bereits jenseits der »Demarkations-Linie« und war feindliches Gebiet, auf dem wir gefangen genommen werden konnten. Die Schaffner suchten uns über diesen Fall, der ihnen kaum als vage Möglichkeit erscheinen wollte, zu beruhigen und nicht ganz ohne Erfolg. Die bewaffnete Macht eines Neben-Coupés, entweder weil sie kühner empfand, oder weil sie hungriger war, gab diesen Stimmen nach und überschritt die Linie. Es waren ihrer drei, die es wagten, ein Garde-Ulan, ein 35er und ein Blücherscher Husar. Sie nahmen in einer großblätterigen Pfeifenkraut-Laube Platz, die einen Vorbau des Gasthauses bildete, und die beiden Lichter, die alsbald auf den weißgedeckten Tisch gestellt wurden, warfen ihren vollen Schein auf das Roth des Blücherschen Husaren. Die Speisen wurden aufgetragen und wir sahen von unseren hohen Coupé-Plätzen aus der Scene wie einem Schauspiel zu. Auch erwartungsvoll wie einem Schauspiel. Denn auf dem Perron, im Taktschritt auf und nieder, schritten zwei österreichische Offiziere in ihren knappen weißen Röcken, plauderten, wirbelten elegant den Dampf der Cigarre und sahen von Zeit zu Zeit nach der Gruppe in der Laube hinüber. Wir erwarteten in jedem Augenblick eine dramatische Verwicklung, vielleicht eine Katastrophe, aber ehe die halbe Stunde um war, schritten die feindlichen Parteien grüßend an einander vorüber und die Unsrigen sahen sich unbehindert, in bester Mahlzeitslaune ihre Plätze wieder einzunehmen. Der Zug setzte seine Reise fort.

Auch uns sollte inzwischen eine Souper-Stunde schlagen, freilich unter minder spannenden Verhältnissen. Es mochte zehn Uhr sein und wir waren bereits über Raudnitz hinaus, als unser bis dahin nur halbgefülltes Coupé weitere Einquartierung erhielt: drei junge Offiziere vom 14. Regiment, bereits in vergnüglichster Stimmung, gingen nach Prag, um ihre Laune daselbst noch zu verbessern. Zwei wurden bei ihrem Vornamen, der dritte nach seiner Charge und zwar in Nachahmung des österreichischen Accents »Herr Oper-Leutnant« (Premier) genannt. Bald waren wir in vertraulichstem Gespräch, wozu die absolute Dunkelheit, die ein gegenseitiges Erkennen unmöglich machte, daß Ihrige beitragen mochte. Wir waren, behufs Legitimation, lediglich auf den Klang unserer Stimmen angewiesen, das heißt auf das größere oder geringere Vertrauen, das dieselben einzuflößen vermochten. Mittheilungen aus der Hauptstadt, Wallnersche Coupelts und Anekdoten waren höchlichst willkommen, am willkommensten erwies sich aber alsbald die Mittheilung, daß wir die glücklich vorsorglichen Besitzer einer Niquet'schen Schlagwurst, ja sogar eines »*Cap Constantia*« derselben empfehlenswerthen Firma seien. In tiefstem Dunkel machte erst die Schlagwurst, dann der Capwein die Runde, und jeder Toast, jeder herzlichste Wunsch wurde von einem noch herzlicheren Zug begleitet.

Im Dunkeln hatte der Wein seinen Rundgang gemacht und im Dunkeln schliefen wir ein. Als wir an die Moldau kamen, weckte mich ein matter Lichtschimmer; die Sterne traten hier und dort aus dem Nebel und ein Dämmerschein lag auf den Feldern. Ich konnte mühsam den Charakter der Landschaft erkennen, die ein vielleicht fruchtbares aber kahles Plateau zu sein schien, ohne Baum und Strauch. Der Zug keuchte an dieser wenigstens scheinbaren Oede vorüber, endlich wuchsen Häuser auf, immer mehr, immer dichter, – wir traten sichtbarlich in den Umkreis einer Hauptstadt ein. Der Zug passirte den Fluß und wir glitten langsam in die hochgewölbte Bahnhofs-Halle. Mechanisch griff jeder nach seinem Gepäck; ein einziges Licht brannte. Mit einem schlaftrunkenen »Gute Nacht« trennten wir uns von unserer Reisegesellschaft, auch jetzt im Dunkeln und für den Augenblick wenigstens ohne jeglichen Wunsch, dieses Dunkel gelichtet zu sehen.

III ANKUNFT IN PRAG. IM »ALTEN UNGELD«

Den langen, halb erleuchteten Perron entlang, durch hohe gewölbte Säle und Corridore hindurch, schleppten wir uns und unser Gepäck bis an den Ausgang. Keine dienstbereiten Hände hatten sich uns zur Verfügung gestellt. »Droschke!« riefen jetzt ein halbes Dutzend Stimmen in die Nacht hinein, aber nur das Echo kam zurück. Wir glaubten nunmehr uns corrigiren zu müssen und schickten ein dringlich betontes »Fiacre« unserem ersten Nothschrei nach. Aber mit demselben Erfolg. Endlich erschien, von jenseit der Straße her, ein radebrechender Czeche, der eine Mittelstellung zwischen Dienstmann und Gepäckträger einnehmen mochte, und bot seine Dienste an. Die Situation war derart, daß an Ablehnung gar nicht zu denken war. Er wurde mit einer nicht unbeträchtlichen Anzahl von Reisetaschen, Plaids und Gummi-Mänteln bepackt, an die Tête gestellt und nunmehr mit Führung des ihm willig folgenden Zuges betraut. Wir ahnten wenig davon, welchen neuen Enttäuschungen wir entgegen gingen. Es genüge hier die kurze Andeutung, daß etwa sechs Stunden vor uns, zu der ohnehin sechstausend Mann starken Garnison, noch vierzehntausend Mann Garden in Prag eingerückt und bei ihrer Einquartierung den besten Hotels der Stadt mindestens nicht aus dem Wege gegangen waren.

Wir läuteten beim »schwarzen Roß«. Besetzt! Beim »blauen Stern«. Besetzt! Beim »goldenen Engel«. Besetzt! Nun riß uns die Geduld. Wir erwählten einen der Unsern, einen märkischen Gutsbesitzer, der über die bekannte glückliche Mischung von Humor und Grobheit eine ungemessene Verfügung besaß, zu unserem Sprecher und der Erfolg rechtfertigte unsere Wahl. Unser Delegirter nahm den Oberkellner bei Seite, appellirte an sein böhmisches Herz und stellte ihm vor, daß er mit Kaiserlich österreichischen Freunden machen könne, was er wolle, daß es aber niedrig und verwerflich sei, seine Feinde elend umkommen zu lassen. Der Angeredete lächelte gutmüthig, versicherte auf Ehre und Gewissen, daß keine Dachkammer leer sei, fügte aber hinzu, daß im »alten Ungeld« (wie er eben erfahren habe) noch einige Zimmer frei seien.

Also nach dem »alten Ungeld«. Unser Zug setzte sich zum vierten Male in Bewegung, Einzelne unter uns nicht ohne trübe Vorahnungen. Zum »alten Ungeld«! Es klang ebenso räthselvoll, wie dumpf und kerkerhaft. Ein halbes Dutzend Wörter mit »Un« gingen uns durch den Kopf: Unheil, Unglück, Unhold, Ungethüm und zuletzt immer wieder Ungeld. Und noch dazu altes Ungeld. »Alt« erschien uns in diesem Augenblick nichts weniger als ein *Epitheton ornans,* oder doch höchstens im Sinne einer Schauer-Ballade. Balladenhafte Lokalitäten sind aber selten gute Gasthöfe.

Wir wanden uns durch ein Gewirr dunkler Straßen und Gassen, traten auf kurze Strecke unter die Arkaden eines Marktplatzes, hatten zur Linken (mitten auf dem Platz) eine Mariensäule, deren Muttergottesbild, mit dem Sternenkranz um die Stirn, eben jetzt im Mondschimmer leuchtete und traten dann, nach rechts hin, aus den Arkaden hinaus wieder in dunkle, schmutzige Gassen ein, die uns zuletzt in einen Hof oder eine Sackgasse führten. Wunderliche alte Häuser standen umher;

vor dem ältesten und größten hielt jetzt unser Führer und zog an der Glocke. Man hörte, wie aus weiter Ferne her, das Läuten.

Wir Draußenstehenden hörten es, aber nicht die drinnen, die es hören sollten. Wir hatten inzwischen vollauf Zeit, uns mit der Außenseite des »alten Ungeld« bekannt zu machen. Thorweg und Erdgeschoß schienen mittelalterlich gewölbt, die vergitterten Kellerfenster deuteten noch weiter zurück, während die oberen Stockwerke allerhand moderne Fensterverkleidungen zeigten; es war als hätten alle Jahrhunderte seit König Georg Podiebrad hier im »alten Ungeld« ihre Karte abgegeben.

Wir läuteten noch immer. Niemand kam, wenigstens nicht von innen her, während draußen unsere Gruppe einen beständigen Zuwachs erfuhr. Es war ersichtlich, daß das »alte Ungeld« den Charakter eines Nothhafens, einer letzten Retirade hatte, wohin, nach einem stillen Abkommen zwischen den besseren Gasthofsbesitzern Prags, alles das dirigirt wurde, was in den eigentlichen Hotels kein Unterkommen finden konnte. Wir waren bereits auf zwanzig Mann angewachsen, Offiziere aller Waffengattungen, und das Glockenläuten und Säbelrasseln, dazwischen das Lachen, Rufen und Donnern, durchlärmte die Nacht. »Wir müssen hinein«; darüber herrschte nur eine Stimme. Pläne wurden bereits entworfen, wie das »alte Ungeld« im Sturm zu nehmen sei, als ein ungewisser Lichtschimmer zwischen den Ritzen des Thorwegs sichtbar und bald darauf der Schlüssel im Schloß gedreht wurde. Die Thür ging auf und eine kleine Laterne in der Hand, stand ein czechischer Hausknecht, klein, strubblig, verschlafen, vor uns.

Allgemeine Heiterkeit begrüßte ihn. »Der ist ächt!« riefen einige der Vordersten, und so bereitwillig zugestanden werden muß, daß ein starker Campagne-Ton bereits unter uns vorherrschte, so gewiß ist es doch auch, daß eine übermüthige Laune nie dringender herausgefordert wurde. Diese Herausforderung lag zum großen Theil in der leichtfertigen Behandlung, die die Kostümfrage von Seiten dieses czechischen Struwelpeters erfuhr. Ob er nun sein Beinkleid verkehrt angezogen hatte, oder ob der böhmische Schnitt sich mehr der Kinderhose nähert, gleichviel, seine Rückseite hatte nach unten zu jenen sonderbaren, flaggenhaften Appendix, der Hierlandes einen wohlbekannten, aus den Haus- und Miethsverhältnissen entnommenen, in seiner Entstehungsgeschichte noch nicht genügend aufgeklärten Namen führt.

Unser Lachen mochte den Betroffenen wenig verdrießen; er führte uns vielmehr an großen Biertischen vorbei, dann und wann seine Laterne hoch haltend, treppauf und – *hony soit qui mal y pense* – in das Schlafzimmer der Schließerin hinein. Diese schien an derlei Unterbrechungen ihrer nächtlichen Ruhe gewöhnt und rief uns, während wir Kopf an Kopf zwischen Thür und Bett standen, in beneidenswerther Naivität zu: »Sind's die z w e i Herren, die bestellt haben?« »Jawohl«, riefen zwanzig Stimmen.

Kein längeres Verweilen bei diesen Details! Genug, – wir kamen schließlich unter. Der letzte Trupp, wie wir anderen Tags erfuhren, hatte sich unten auf die Biertische gelegt, die Reisesäcke als Kopfkissen, und war mit großen blutrothen Deckbetten, an denen die Böhmen einen Ueberfluß zu haben scheinen, zugedeckt worden. Wir (unserer vier) hatten ein kleines Zimmer erhalten, zwei Treppen hoch, am Ende eines langen Corridors, gegenüber einem jener Räume, die in ganz Böhmen einen für unser norddeutsches Ohr durchaus unverfänglichen Namen führen, so unverfänglich, daß es sich allenfalls gestatten würde, denselben hier herzusetzen. Doch nehmen wir Abstand davon und zwar um so lieber, als unleugbar eine tiefe Kluft besteht zwischen der Harmlosigkeit ihres Namens und ihrer Wirklichkeit.

Es war drei Uhr, als wir das Licht löschten. Zwei von uns lagen in Bettstellen; einer auf dem Sopha; ich saß rittlings auf einem Stuhl und stützte meinen Arm auf die Lehne. Mir zu Füßen lag ein Haufen hoch aufgeschichteter, aus den zwei Bettstellen herausgeworfener Kissen, über deren dunklen Gipfel hinweg ich auf die Fensterscheiben sah und den Morgen heranwachte. Meine Gefährten, glücklicher als ich, schliefen bald; ich aber hatte Zeit, über das »alte Ungeld« nachzudenken. In manchen Stücken traf ich's. Was ich nachträglich erfuhr, ist folgendes:

Das »alte Ungeld«, früher der Teinhof genannt und unmittelbar neben der Teinkirche, der ältesten und berühmtesten Kirche Prags, gelegen, war im neunten Jahrhundert eine Herzogliche Residenz und hieß der »Tein« von »tyniti« umpfählen, weil er mit Pfahlwerk befestigt war. Dieser »Teinhof« bildet noch jetzt einen abgeschlossenen Komplex von zehn Bürgerhäusern. Schon 1101 wurde die ehemalige Residenz in ein Kaufhaus umgewandelt. König Johann von Böhmen (derselbe »blinde König Johann«, der 1346 in der Schlacht bei Crecy gegen die Engländer blieb) errichtete hier 1310 ein »Ungeld« das heißt ein Acciseamt für die neu eingeführte Wein- und Salzsteuer. Später ging es in Privatbesitz über, ein neues Acciseamt wurde errichtet und was bis dahin einfach das »Ungeld« gewesen war, sank nun zum alten Ungeld herab, als welches es in die Reihe der Ausspannungen und Bierschänken eintrat.

All dies trat erst andern Tages mit historischer Gewißheit an mich heran, aber mehr als alle »Führer durch Prag« mich wissen lassen konnten, trug ich bereits in ahnendem Gemüth, während ich rittlings auf meinem Stuhl die Nacht durchwachte. Aus den aufgethürmten Bettmassen, deren Roth trotz aller Dunkelheit mir vor den Augen stand, stiegen immer neue Herzöge auf, Wenzeslav, Boleslav, Wratislav, die Einen mit breiten Wunden auf der Stirn, die Andern mit tiefen Wunden in der Brust.

Endlich dämmerte der Tag; noch eine kurze halbe Stunde und die ersten Sonnenstrahlen fielen über den Dachfirst des Hauses gegenüber, mitten in unser Zimmer hinein. Unsere Schläfer schüttelten den Schlaf ab und durch das schnell geöffnete Fenster drang nun die Morgenfrische und ließ uns fast vergessen, daß wir im »alten Ungeld« waren. Aber wir sollten bald daran erinnert werden. All die Nacht über hatten draußen auf dem Korridore unsagbar dunkle Wetter gebraut und eine dichte Wolke gezogen zwischen uns und der Welt. Ein erster Versuch, diesen Dunstkreis zu durchbrechen, war eben so gewiß gescheitert, wie er in ahnungsloser Unbefangenheit unternommen worden war. Und doch mußten wir hindurch, es koste, was es wolle. Wir waffneten uns also und wie bei Feuersbrünsten alle diejenigen, die innerhalb eines brennenden Hauses retten wollen, zuvor um einen kalten Ueberguß bitten, um der leckenden Flamme wenigstens einen kurzen Widerstand entgegensetzen zu können, so traten wir jetzt an das offene Fenster, thaten drei volle Züge, füllten unsere Lungen, gleichsam wie auf Vorrath mit Luft und brachen nun, unter kurzem Spruch und Anruf, durch die Malaria des Korridores durch.

Es glückte. Unten fanden wir die Schließerin; aber besser als das, wir fanden auch einen Kameraden vom

Tag zuvor, der schon vor uns die rothen Betten abgeschüttelt und in der Nachbarschaft erfolgreich rekognoszirt hatte. »Sieg!« so rief er uns zu, »Quartier im goldenen Engel.«

Das war eine Botschaft! Das letzte Wort, wie in Huldigung gegen den Sprecher, hallte von dem gewölbten Thorweg des »alten Ungeld« zurück.

IV PRAG

Wir zogen nun also in den »goldenen Engel«, wo wir am Abend zuvor abgewiesen worden waren, erhielten ein gutes Quartier und feierten unsere Ankunft dadurch, daß wir den Prozeß des Aus- und Anziehens noch einmal durchmachten, um wenigstens nach Möglichkeit Alles zu beseitigen, was vom »alten Ungeld« her noch an uns und um uns geblieben sein mochte. Dieser Prozeß war zum Theil rein symbolischer Natur; er hatte aber auch seine materielle Berechtigung, da wir uns in Ermangelung von Krügen und Karaffen, die schlechterdings nicht zu beschaffen waren, mit z w e i S e i d e l n Wasser hatten begnügen müssen.

In jener gehobenen Stimmung, wie sie bei dem Kulturmenschen aus dem Bewußtsein reichlichen Wasserverbrauches auftaucht, erschienen wir (es mochte inzwischen neun Uhr geworden sein) im Frühstücks-Salon. Ein Sherry mit Sodawasser – das ich als Vorläufer eines guten Morgenkaffees hiermit dringend empfehle – schwemmte den letzten Rest erlittener Unbill hinweg. Man war wieder man selbst. Selbst die Gegenwart einiger National-Böhmen, die in ihren schwarzen Pikeschen mit Stehkragen und zahllosen Knöpfen und Häkchen (statt der Knopflöcher) zu uns herübersahen, konnte uns in dieser wohligen Betrachtung nicht stören. Wir setzten uns an das breite, großscheibige Fenster und freuten uns des bunten Treibens, das in der Richtung nach der inneren Stadt zu, an uns vorüberwogte. Einzelnes Landvolk zeigte sich, das meiste aber, was kam und ging und durch die engen Gassen drängte, das war nicht czechisches Landvolk, das waren preußische Landsleute, Truppen von allen Armee-Corps und Regimentern, namentlich Garden. Vierzehntausend Mann (ich erwähnte dessen schon) waren eingerückt und eine gleiche Anzahl kündigte sich bereits durch ihre Quartiermacher an. Diese Quartiermacher, in Trupps zu acht und zehn Mann, erschienen auf requirirten Wagen, hielten vor unserm Hotel, meldeten sich oder nahmen einen Imbiß und fuhren weiter, die gefürchteten Zündnadelgewehre leicht in den linken Arm gelehnt.

Unter diesen Quartiermacher-Trupps war mir einer von besonderem Interesse. Die Mannschaften waren abgestiegen, nur zwei hielten Wache, während die Zügel nachlässig in den Händen eines zwölf- oder vierzehnjährigen Knaben lagen. Sein Kostüm war ziemlich abenteuerlich. Er trug eine graue Zwillich-Jacke, eine blaue österreichische Feldmütze und auf beiden Schultern die regelrechte Achselklappe unsres Garde-Grenadier-Regiments Kaiser Franz. Ich hielt den Jungen für einen Czechen, worin mich seine Stubs-Nase und die hohen Backenknochen bestärkten, und war einigermaßen überrascht, von den wachthabenden Soldaten zu erfahren, daß dies der in Kriegs-Korrespondenzen viel gefeierte C a r l L e h m a n n sei, der sich, wie übrigens bekannt, beim Ausmarsch der Garden aus Berlin, dem 2. Bataillon des Kaiser Franz-Regiments angeschlossen und im Geleit desselben (schließlich auch durch die Achselklappen geehrt) die ganze Campagne mitgemacht hatte. Ein Zufall hatte es also gewollt, daß er just in das Gefolge, um nicht zu sagen, in die Reihen, d e s Garde-Bataillons eingetreten war, das zuerst ins Feuer kam und so ziemlich die schwersten Verluste erlitt. Oberst-Lieutenant von Gaudy blieb, alle Offiziere waren todt oder verwundet, aber – Carl Lehmann stand. Die Soldaten lobten seine Treue und seine Bravour. Immer im Kugelregen aktiv, schleppte er für die verdursteten Truppen Wasser herbei. Er scheute keine Gefahr. *»An Arab of the Street«*, wie der moderne englische Ausdruck lautet. Die Soldaten nennen ihn »Garibaldi«. Er soll in eine Militair-Erziehungsanstalt kommen und ausgebildet werden. Uebrigens habe ich nachträglich erfahren, daß solche *enfants de troupe* sich bei den verschiedensten Regimentern ausgebildet haben; man nannte mir unter andern das I. Garde-Regiment, die schwarzen Husaren und das Regiment Elisabeth. Doch mögen hier Verwechslungen vorliegen. (Carl Lehmann ist inzwischen, wie männiglich bekannt, am 21. September mit seinem Bataillon in Berlin eingerückt.)

Der Menschenstrom, wie schon angedeutet, ging großentheils nach einer Richtung der innern Stadt zu. Bald erfuhren wir den Grund: es war heute der Namenstag des Kaisers und auf dem »großen Ring« wurde dieser Festtag durch eine Bürgergarden-Parade gefeiert. Wir schlossen uns dem Strome an und landeten auf dem großen freien Platz, der zwischen dem alten Prager Rathhause und der noch älteren Teinkirche liegt. Wenige Schritte abwärts von der Teinkirche erhebt sich das Kinskysche Palais. Der Platz war mit Menschen überfüllt, inmitten dieser Menschenmasse aber stand die Bürgergarde, in Quarré formirt, die Front nach der Teinkirche hin geöffnet. Ein Fiacre, dessen Kutschersitz ich ohne langes Bedenken als Stehplatz engagirte, gab mir Gelegenheit, das interessante Schauspiel, dessen Augenzeuge ich nun wurde, mühlos zu überblicken. Schon die Bürgergarde selbst, von ausgezeichneter Haltung und sehr geschmackvoll uniformirt, gewährte einen schönen Anblick. Sie bestand aus drei Abtheilungen: den Grenadieren (Bärenmützen), Musketieren und Scharfschützen. Besonders die letzteren sahen vortrefflich aus; sie trugen die dunklen Federbüsche wie die Jäger-Bataillone der österreichischen Armee. In der Teinkirche wurde, während die Bürgergarde draußen in Parade stand, das Hochamt vom Kardinal-Erzbischof Fürsten Schwarzenberg celebrirt. Die Hauptmomente des Hochamts wurden von dem bewaffneten Bürgercorps in Ermangelung der Schußwaffen (die an das preußische Gouvernement hatten abgeliefert werden müssen) durch das Anstimmen der Volkshymne »Gott, erhalte Franz den Kaiser« bezeichnet. Dies machte sich sehr feierlich, viel feierlicher als bloße Gewehr-Salven vermocht hätten. Nach Beendigung des Hochamts trat der Kardinal-Erzbischof auf den Platz hinaus und ertheilte den Segen; dann erfolgte der Vorbeimarsch der Bürgergarde vor dem Gouverneur von Böhmen, General Vogel von Falckenstein. Nach dem Defiliren versammelten sich die Offiziere um den preußischen General der, wie ich später erfuhr, ihnen dankte, ihre Haltung lobte und in Anerkennung dieser Haltung ihnen die sofortige Zurückgabe ihre Gewehre zusagte. In der That zogen die Bürgergarden noch am selben Tag in voller Ausrüstung auf Wache.

Das Volk verlief sich, wir unsererseits warfen noch einen Blick auf die umstehenden alten Gebäude, lugten in die Teinkirche hinein, darin noch die Weihrauchwolken zogen, und schickten uns dann zu einer mehrstündigen Fahrt an, um die Stadt als ein Gesammtbild auf uns wirken zu lassen. Durch breite und enge Gassen, die Kolowratstraße hinauf, den Roßmarkt hinunter, an alten Kirchen und neuen Statuen vorbei, passirten wir zuletzt den berühmten Brückenthurm, endlich die Nepomuck-Brücke selbst, um schließlich auf der Höhe des Königlichen Hradschin zu rasten und von diesem Königshorste aus auf die Moldau und das »hundertthürmige Prag« herniederzublicken.

Wer wollte leugnen, daß die Bilder, die sich auf solcher Fahrt dem Blicke darbieten, mit zu den schönsten zählen, die sich dem Auge überhaupt erschließen können, dennoch scheint nur der Ausdruck Göthe's gewagt, der Prag »den kostbarsten Stein in der Mauerkrone der Erde« nannte. Darin freilich hatte er Recht, daß er es in erster Reihe als eine Königliche Stadt bezeichnete. Das ist es in der That.* Aber manches andre ist es nicht. Dominirende Höhen, die mit Thürmen und Palästen besetzt, auf eine am Flußufer sich hinziehende, weit ausgedehnte Stadt herniederblicken, werden dieser immer mehr oder weniger einen vornehmen, einen Königlichen Charakter verleihen, aber um eben diese Stadt zu einem »kostbarsten Stein in der Mauerkrone der Erde« zu machen, dazu gehört noch ein Mehreres, dazu gehört, neben einer gewissen großartigen Mitgift von Natur aus, die Prag unbedingt hat, auch noch eine Fülle von Menschenwerk und an dieser menschlichen Zuthat ist hier ein empfindlicher Mangel. Die Art, wie die Stadt,

* Alle größeren Städte, deren Schlösser auf einem hohen, steil abfallenden Bergrücken liegen, haben diese »Königliche Lage«. Edinburg ist in diesem Sinne eine eben so Königliche Stadt wie Prag. Was aber jene großartige Gesammtwirkung angeht, die ihre Macht ebenso sehr aus der Architektur einer Stadt, als aus ihrer Lage hernimmt, so kann der Blick von der Moldau-Brücke aus nicht bestehen neben dem Blick von der London-Brücke aus, – ein Panorama, das vielleicht wirklich »den kostbarsten Stein in der Mauerkrone der Erde« umschließt.

als ein Ganzes genommen, sich anlehnt und aufbaut, mit andern Worten, die Wahl und architektonische Benutzung des Terrains (alles Dinge, die um tausend Jahre zurückliegen) sind mustergültig und bezeugen einen großen Sinn, aber d a s, w a s s i c h a n l e h n t, die hundert und tausend Einzelheiten, die die Stadt bilden, diese entbehren nicht nur vielfach der Schönheit, sondern – was wichtiger ist – lassen auch vielfach das spezifisch Malerische vermissen. Der Stolz Prags – und mit Recht – ist seine pittoreske Großartigkeit, aber ein glücklicheres Streben nach dem Schönen, ein feineres Auge, eine geschmackvollere Hand, würden, wenn nicht die Großartigkeit überhaupt, so doch speziell die p i t t o r e s k e Großartigkeit der Stadt gesteigert haben. N a c h d i e s e r S e i t e h i n f e h l t v i e l. Es tritt dieser Mangel hervor, wenn man von dem Hradschin aus auf die Altstadt h e r n i e d e r blickt, er wird aber noch fühlbarer, wenn man umgekehrt von der Altstadt zu dem Hradschin h i n a u f und h i n ü b e r sieht. Der Blick auf die Stadt h i n u n t e r läßt Schönheit der Architektur (beispielsweise der Kirchen) vermissen, verfügt indessen über großen malerischen Reiz; der Blick zu dem Hradschin h i n a u f, entbehrt, soweit die Architektur dabei in Betracht kommt, auch d i e s e s Vorzugs. Die Burg, die sammt einer Anzahl von Palästen, die Hradschin-Höhe krönt, wirkt durch endlose, unprofilirte Fensterreihen nüchtern, langweilig, monoton, und auch der A u s b a u d e s L a n d s c h a f t l i c h e n, wenn dieser Ausdruck gestattet ist, ist nicht das, was er sein könnte. Es fehlt diesem berühmten Hradschin an Grün, an Farbe, an lebendiger Gliederung, und während er einzig dastehen, und in der That der »kostbarste Edelstein in der Mauerkrone der Erde« sein könnte, wenn die auf ihm begonnene, leider Bruchstücke gebliebene großartige gothische Architektur (der Dom) das ganze Hochplateau überdeckte, so ist er durch die charakterlosen Flachbauten, die jetzt seine Höhe beherrschen, um das Vollmaß, seiner Schönheit, um die Hälfte seines Ruhms gekommen. Es ist sehr wahrscheinlich, daß es eine Zeit gab (etwa zu Anfang des siebzehnten Jahrhunderts), wo Prag schöner war als jetzt, wo die Stadt selbst weniger die Spuren des Verfalls und der Hradschin weniger den Stempel des Kasernenhaften trug; aber diese Tage liegen weit zurück.

Noch ein Wort über die Kirchen. Ich deutete schon an, was ihnen fehlt. Die Stadt nennt sich das »hundertthürmige Prag« und es mag möglich sein, unter Heranziehung aller möglichen Spitzen und Spitzchen, diese hundert Thürme herauszurechnen. Aber eine hervorragend schöne Kirche (den unvollendet gebliebenen gothischen Dombau abgerechnet, der vielfach an den Kölner Dom erinnert) findet sich nicht. Die Teinkirche ist ein interessanter Bau, nicht ohne architektonische Bedeutung, aber immerhin interessanter durch seine Geschichte, als durch die bauliche Aufgabe, die er löst.

Die schönste Parthie der Stadt bleiben ihre Brückenthürme und ein Schrägblick durch den Altstädter Brückenthurm hindurch, dessen gothisches Bogenthor, nunmehr einen Rahmen bildend, das bunte Treiben des Flusses, die Statuen der Brücke und jenseits, wie Spiegelungen, wie verjüngte Abbilder des Thurmes, vor dem wir stehen, zwei weitere Brückenthürme zeigt, erschließt dem Auge ein Schönheitsbild, das ihm bleibt.

V FAHRT DURCHS LAND

Unsere für Prag bestimmte Zeit war um, und wir wollten nunmehr »ins Land.« Zweck unserer Reise war überhaupt nicht ein Besuch der böhmischen Hauptstadt, sondern ein Besuch der böhmischen Schlachtfelder. Wir wollten dabei die Reihenfolge innehalten, wie sie der Vormarsch der Ersten Armee (Prinz Friedrich Karl) uns an die Hand gab, also zunächst den Gefechtsfeldern von Turnau-Podoll und Münchengrätz, dann denen von Sobotka, Gitschin und Königgrätz in eben dieser Aufeinanderfolge uns zuwenden.

Mit Turnau-Podoll also hatten wir zu beginnen. Der Weg dahin, von Prag aus, führt über Münchengrätz; da wir indessen, was der erwähnten Reihenfolge der Gefechte nach Nummer zwei war, nicht als Nummer eins sehen wollten, so beschlossen wir, diesen letztgenannten Ort (Münchengrätz) wie alle übrigen Stationspunkte zwischen Prag und Turnau-Podoll ohne Weiteres zu passiren und erst Tags darauf, nach Absolvirung der ersten Gefechtsfelder, nach Münchengrätz zu einem längeren Aufenthalt zurückzukehren. Und so geschah es denn auch. Wir fuhren also zunächst nach Turnau, um von dort aus regelrecht unsern Vormarsch zu bewerkstelligen.

In gewöhnlichen Zeiten ist zwischen Prag und Turnau Eisenbahnverbindung und man legt diese zehn Meilen in zwei Stunden zurück; jetzt aber, in Folge einer Brückensprengung, war der Eisenbahnverkehr gestört und wir mußten die Chaussee benutzen. Und das war gut so. In fremden Ländern, in denen man nicht reist, um nur fortzukommen, in denen man vielmehr Eindrücke wünscht, statt blos rascher Beförderung, wird man immer gut thun, das Coupé so viel wie möglich zu vermeiden und die zurückgeschlagene Halbchaise nach Möglichkeit zu benutzen. Dazu waren wir denn auch entschlossen. Aber die Ausführung stieß auf Schwierigkeiten. In ganz Prag war kein Fuhrwerk zu beschaffen; die zwanzigtausend Mann Preußen, die in der Stadt lagen, hatten alles bis auf das letzte Pferd in Beschlag genommen, nicht in dem gefürchteten Sinne von »Requisition«, sondern für baares Geld, um Ausflüge in die Nähe und Ferne zu machen. Ausharren und gute Worte halfen endlich so weit, daß uns eine Extrapost bis zur nächsten Station bewilligt wurde »dort müsse das Glück uns weiter helfen.« Und das Glück half uns weiter. Wir waren zur Kaffeestunde in Brandeis, zur Vesperstunde in Benatek, zur Theestunde in Jung-Bunzlau, um die zehnte Stunde in Münchengrätz und um Mitternacht (vorher Podoll im Mondscheindämmer passirend) in Turnau.

Diese Fahrt, zehn Meilen durchs Land, war sehr reizend. Die nächste Umgebung Prags ist wenig anziehend, aber bald verschönerte sich das Bild und wir hatten das um uns her, was man überhaupt vielleicht als »böhmische Landschaft« bezeichnen kann. Wellenförmiges Terrain, weiß getünchte Häuser in Grün versteckt, Obstbaumplantagen, Hopfen, Wein, malerisch gelegene Städte, hier einen Hügel erklimmend, dort am Ufer eines Flusses sich hinziehend, eines Wassers, das über breite Wehre fällt und Mühlen treibt; – dazu Schlösser und Ruinen und über dem Ganzen ein Ziehen und Wehen, ein Himmel und ein Luftton, die einem sagen: das ist historisches Land!

Wir kamen zuerst nach B r a n d e i s. Sein Schloß ist schön gelegen, wie alle böhmischen Schlösser. Am schönsten ist die Brückenpartie am Ausgange der Stadt; wie ein Idyll lehnt sich die Wiesen-, Wasser- und Weiden-Landschaft bis an das Schloß hinan. Dieser Schloßbau hat seine Erinnerungen (alter Zeit zu geschweigen), auch aus neuer und neuester Zeit. Ich finde darüber Folgendes. Hier wohnte manchmal der gute alte Kaiser Ferdinand, den man im Jahre 1848 zur Abdankung zwang und der seitdem in Prag auf der »alten Burg« (Hradschin) residirte, bis ihn die einrückenden preußischen Regimenter auch von dort vertrieben. Nun hat der »Vogel von Falckenstein« seinen Sitz dort oben. Doch zurück nach Brandeis und seinem Schlosse. Hier wohnte, abgesetzt und flüchtig, der greise König Karl X. von Frankreich und mit ihm seine Schwiegertochter, die Herzogin von Berry, sammt ihrem Sohne *(Henri V).* Flüchtig, vor wenigen Wochen erst, verweilte auch König Johann von Sachsen an dieser Stelle; er verbrachte hier die erste Nacht, nachdem er sein Land verlassen. Während er hier einzog, zog General Herwarth in Dresden ein.

Die nächste Station nach Brandeis ist B e n à t e k, ein kleiner Ort, mehr ein Flecken, als eine Stadt. Auch Benàtek hat seine Geschichte. Hier befand sich das Observatorium, auf welchem Tycho de Brahe Meridiane zog und nebenbei dem Kaiser Rudolph II. (der Benàtek zur Stadt erhob) das Horoskop stellte. Nun lagen hier Zietensche Husaren; mit Abtheilungen vom Colberger Regiment saßen sie an dieser Stelle bunt durch einander, bei ausgehobenen Fenstern, in einem von Geisblatt umrankten Gartenhause, und spielten, unbekümmert um alle Sterndeuterei (sie waren die Sieger und bedurften keines Horoskops mehr) ihr Solo oder Dreikart und dampften ihre mit kaiserlichem Tabak gestopften Pfeifen. Sie mochten an Vieles denken, nur nicht an Kaiser Rudolf und Tycho de Brahe. Mir war es interessant, dem Namen und den Spuren dieses letzteren hier wieder zu begegnen. 1864, als mich der dänische Krieg ebenso nach Kopenhagen, den Inseln und Jütland führte, wie jetzt der österreichische Krieg nach Prag und Böhmen, hatte ich, im alten Dome zu Aarhuus, von dem Marmormonument von Manderup Parsberg gestanden, der (wie mir der Küster erzählte) dem Tycho de Brahe im Duell die Nase abhieb und hatte dann eine Woche später, im Vorüberfahren an der kleinen Sund-Insel Hven, die Trümmer jener Uranienburg aufragen sehen, die König Frederick II., allen Forderungen seines Günstlings und Hofastronomen nachgebend, damals inmitten des prächtigen Sundpanoramas (zwischen Kopenhagen und Helsingör) errichtet hatte. Aber diese Tage des Glanzes am dänischen Hofe hatten nicht Dauer gehabt; im Unmuth war Tycho aus seiner Heimath geschieden, um endlich am Hofe Kaiser Rudolfs II. seine Laufbahn zu schließen, seine letzte Ruhe zu finden. Gestern erst hatte ich, in der Prager Teynkirche, am Grabstein des berühmten Astronomen gestanden, heute, in Benàtek, stand ich, wie vor zwei Jahren, an einer ehemaligen Stätte seines Wirkens, freilich an einer bescheideneren als jene Uranienburg im Sunde.

Von Benàtek führt der Weg nach J u n g - B u n z l a u, prächtig gelegen auf einem länglichen Hügel, mit einer castellartigen Kaserne, die in das Iserthal hinunterblickt. Man hat hier Fernblicke auf das ganze Amphitheater des Riesengebirges, mit dem »böhmischen Sattel«, zwei merkwürdigen Felsennadeln, die mit alten Burgruinen gekrönt sind. Auch in der Nähe der Stadt ragt eine solche, arg zerrissene, aber massenhaft empor, die Burg M i c h a l o w i t z , der Sage nach die Heimath jenes Ritters Dalibor, der im Prager Gefängnis die Geige so schön spielen gelernt, daß er einer der beliebtesten Sagenhelden des musikliebenden Böhmer-Landes geworden.

Nach Jung-Bunzlau folgte M ü n c h e n g r ä t z , das wir erst bei völliger Dunkelheit erreichten, übrigens ohne Sorge für uns, da der nächste Tag uns dahin zurückführen sollte. Zwei Stunden später waren wir in T u r n a u. Hier nahmen wir Nachtquartier und rüsteten uns für den anderen Morgen.

Dieser Morgen kam und mit ihm, in korrekter Reihenfolge, unser Besuch der Gefechtsfelder von Podoll und (Tags darauf) von Münchengrätz; ehe ich indessen zu einer Schilderung dieser Oertlichkeiten übergehe, versuche ich es, die Eindrücke wieder zu geben, welche diese zehnstündige Fahrt durchs Böhmer-Land auf mich gemacht hatte. Ich werde bei Wiedergabe dieser Eindrücke allerdings die Erfahrungen der nächsten Tage gleich mit zu Hülfe nehmen, so daß alles Nachstehende ein breiteres Fundament haben und, irrig oder nicht, nach der Seite des Urtheils hin einer Art Gesammt-Resultat meiner Reise entsprechen wird.

VI LAND UND LEUTE

Ich beginne dies Kapitel, das sich ausschließlich (wie bereits angedeutet), damit beschäftigen wird, Gesammt-Eindrücke wiederzugeben, mit dem Bekenntniß, daß ich in die vielfach laut werdenden Klagen, ja, es muß ausgesprochen werden, in den Ton der Verachtung und Empörung nirgends habe einstimmen können; – weder die Dinge noch die Personen sind mir an irgend einer Stelle von einer besonders häßlichen Seite entgegentreten. Ich leugne damit nicht die Richtigkeit dessen, was andere beobachtet oder an sich selbst erfahren haben; ich gebe nur einfach wieder, was von mir persönlich wahrgenommen worden ist.

Zunächst ein Wort über das Land. Daß es schön ist, hob ich schon hervor; es ist aber auch eigenthümlich. Diese Eigenthümlichkeit liegt zum Theil in den Kulturverhältnissen, in der Art und Weise, wie das Land bebaut und b e w o h n t ist. Es fehlen – ganz im Gegensatz zu andern slawischen Ländern – die w e i t e n F l ä - c h e n ; auf verhältnismäßig kurze Distanzen hin wachsen die Dörfer am Wege oder auf den Feldern auf und geben dadurch der Landschaft einen Charakter, der mehr an die niedersächsische Art, als an die slawische erinnert. Und doch ist die Aehnlichkeit nur landschaftlich, nur für das Auge da, keineswegs im Bebauungs- P r i n z i p. Die niedersächsische Art lehnt sich gegen das »geschlossene Dorf« auf, sie setzt die Theile über das Ganze, sie ist der Gegensatz der städtebauenden Concentration, des Ringes, der Umzirkung, der Mauer. Niedersächsische D ö r f e r (wenn sie auch ihren festen Kern haben) liegen im Wesentlichen ausgestreut über die Feldmark da, ihr bester Theil sind die ausgebauten Höfe, die mit Wohnhaus und Stallgebäuden, mit Baumpartieen und Grenzweiden wiederum ein Dorf im Kleinen bilden. Nach diesem niedersächischen Prinzip sind nun die böhmischen Dörfer keineswegs gebaut, im Gegentheil, der centrale Hang ist da, der Hang, sich um einen Mittelpunkt zu gruppiren, größere oder kleinere Gemeinheiten zu bilden. Es liegt aber auf der Hand, daß, wenn es aus diesem oder jenem Grunde nur zur Bildung k l e i n e r e r , sich auf kurze Strecken wiederholender Gruppen kommt, zuletzt Dörfer entstehen müssen, die in allem, was landschaftliche Erscheinung angeht, an die ausgestreuten, reichgegliederten niedersächsischen Gehöfte erinnern. Und das ist in der That der Fall. Die reiche böhmische Landschaft gewährt ein ähnliches Bild, wie ein Blick von den Oderhöhen, zwischen Freienwalde und Frankfurt in das reiche, wenigstens theilweise nach niedersächsischer Art bebaute Oderbruch hinein, – das Ganze ein Felderteppich mit Dörfern gemustert.

So viel über das, was die böhmischen Dörfer l a n d s c h a f t l i c h bedeuten. Es bleibt noch die Frage, wie wirken sie an und für sich, wie sind sie, wenn man in sie eintritt? Sie sind wenigstens besser als ihr Ruf. Es fehlen die massiven Häuser, mit stattlicher Vortreppe und gemauerter Veranda, es fehlen die Erkerthürme und die Balkone, ja es fehlt das Ziegeldach (wenigstens zumeist) und altmodisch sitzt die moosbedeckte Strohkappe auf dem niedrigen, kleinfenstrigen, aus Horizontalbalken aufgezimmerten Blockhause. Aber wenn man selten eine gefällige Neuschöpfung bemerkt, aus der einem (was unsere Dörfer so sehr charakterisirt) ein rasch wachsender Fortschritt, oder jener beständige Entwicklungsdrang entgegentritt, der heute schon über das hinaus will, was gestern noch gut war, – ich sage, wenn man diesem Eindruck des Prosperirens auch selten begegnet, so begegnet man doch auch nicht gerade seinem Gegentheil. Es fehlen die Bilder des Reichthums, aber doch auch die der Armuth, und selbst das Betteln, das darauf hindeuten könnte, macht mehr den Eindruck einer schlechten Gewohnheit, eines schlaraffenhaften Hinschleppens der Tage, als wirklicher Noth und Verkommenheit. Vielleicht hat mich das Malerische, das in diesem schönen Lande allem wie eine unveräußerliche Mitgift anhaftet, über das Maß dieser Noth getäuscht und die weinumrankten, aus dem Grün zahlloser Obstbäume hervorschimmernden Häuser und Hütten, dazu die graziösen, halb bekleideten Frauen- und Kindergestalten, haben mich, weil sie meinem Auge ein gewisses künstlerisches Genüge thaten, möglicherweise über manches Elend hinwegsehen lassen, das nichtsdestoweniger vorhanden war. Möglich das alles, aber doch nicht allzu wahrscheinlich. Ich entsinne mich, an den Frauen und Kindern des schottischen Hochlandes auch ein malerisches Gefallen und doch (weit mehr als hier in Böhmen) den vollen Eindruck äußersten Elends gehabt zu haben. Die Bestechungskraft des Pittoresken hat ihre Grenzen.

Malerisch wie die böhmischen Dörfer sind auch die böhmischen S t ä d t e. Daß sie klein sind, thut ihnen keinen Abbruch. Mit Ausnahme von Prag und Reichenberg werden sich wenige bis über zehntausend Einwohner erheben; die meisten bleiben weit unter fünftausend. Sie sind klein, aber sie sind nicht unbedeutend. Im Gegentheil, alle sehen nach etwas aus, und der »Ring« auch des kleinsten Städtchens, macht in der Regel einen großstädtischen Eindruck. Hier stehen Kirche und Rathhaus, in der Mitte erhebt sich eine Mariensäule, und Arkaden oder »Lauben« (nach Art unserer ehemaligen Stechbahn) umziehen den Platz, dadurch den stattlichen Eindruck des Ganzen steigernd. Man empfindet etwas von einer alten Kultur; alte Zusammenhänge mit dem Süden, mit Italien werden sichtbar.

An diesem »Ring« befindet sich denn auch der Hostinec, der Gasthof. Wie alles in diesem Lande typisch ist, so auch das Gasthaus. Es ist groß, geräumig, ein breiter Flur scheidet links das Gastzimmer von der rechts gelegenen Küche, deren Herdfeuer beständig brennt und deren Dampf und Fettwrasen das Haus durchzieht. Küchengeheimnisse kennt der Hostinec nicht; wer nicht dem Brodem abmerkt, was es giebt, dem sagt es das Auge, denn das Backen und Braten, selbst der mißliche Prozeß des Wurststopfens, alles vollzieht sich vor dem Auge des Gastes und zwar mit einer gewissen Ostentation, die besagen will: »hier bin ich; ich habe das Licht des Tages nicht zu scheuen.«

So interessant wie die Küche ist auch das Gastzimmer. Meist durch die ganze Tiefe des Hauses sich ziehend, ist es nach vorn hin sonnig, nach hinten zu dunkel und schattig. Man sucht sich helle und dunkle Plätze, je nach Gefallen. Breite lederüberzogene Bänke laufen an den Wänden hin und feste, mächtige Tische stehen davor. Alles, ohne geradezu unsauber zu sein, hat jenen verräucherten Ton, jene ihren Bestandtheilen nach noch nicht genau untersuchte Patina, die einem Gastzimmer so wohl kleidet, es so behaglich macht. Und auf dies Behagen kommt Alles an. Unseren großstädtischen Gasthäusern fehlt alles das, was wohltut, auf die beklagenswertheste Weise; sie geben uns Flitter, dürftige Brokken, hohe Rechnungen und bieten uns eigentlich nichts, als die »Ehre«, bei ihnen zu Gast gewesen zu sein. Wer nicht auf den Höhen der Menschheit wandelt, bringt es über das Gefühl eines bloßen Geduldetseins nicht hinaus; er mag von Glück sagen, wenn er Artigkeit findet, Behagen findet er sicher nicht. Behagen aber ist in einem Hostinec. Von »Eleganz«, diesem Schreckensartikel, keine Rede; es fehlen die gestickten Gardinen, es fehlen die Goldleisten, es fehlen die Anstands- und Repräsentationsbilder. Statt dessen hängen die schlecht kolorirten Nachbildungen französischer Soubretten (schlimmerer Worte zu geschweigen) an den Wänden und wenn auf dem Bilde: »die Schlummernde« die Kostümfrage nach oben zu so gut wie völlig erledigt ist, so giebt auf dem Bilde *Le tourbillon* der sich in den Kleidern verfangende Wind eben dieser Frage eine fast noch bedrohlichere Bedeutung. Alles dies ist nicht elegant, kaum anständig, aber es paßt zum Ganzen und stimmt trefflich zu dem langen halbdunklen Tisch, von dessen unterem Ende eben die Ungarweinflaschen fortgeräumt werden, um einer dampfenden Glühwein-Bowle aus Melniker und rothem Ober-Ungar Platz zu machen.

Die ewige Klage, der man begegnet, ist die Unsauberkeit. Nun denn auch darüber ein Wort. Es hat mit dieser Klage seine Richtigkeit, aber es kommt darauf an, wer sie vorbringt. Ich habe sie von Seiten gehört, wo sie nichts anderes war als Ungerechtigkeit und Ueberhebung. Wer die Sauberkeits-Vorstellungen eines siebenmal gewaschenen Engländers mitbringt, wer nie anders gereist ist als zwischen Homburg und Baden-Baden, oder zwischen Genf und Interlaken, der mag in einem Hostinec in Klagen und Verzweiflung ausbrechen, wer aber seine Touren zwischen Beeskow-Storkow und Finsterwalde, und zwar zu seiner Zufriedenheit gemacht hat, der hat kein Recht, sich in einem böhmischen Hostinec an den Grenzen aller Kultur zu glauben. Im Gegentheil. Die Verpflegung ist im Großen und Ganzen vorzüglich und jedenfalls besser, als in den kleinen Städten unserer alten Provinzen. Kaffee, Weißbrot, Butter sind gut, die »Kipfel« eine Delikatesse; der Thee (dies vornehme Getränk, das so wenige zu bereiten verstehen) hält sich auf der Höhe wenigstens bürgerlichen Anstandes. Die Fleischspeisen passiren, Wildpret ist ausgezeichnet. Die Art des Servirens erregt Bedenken, was nicht ganz bestritten werden soll. Das Tischzeug kommt weniger aus dem Schrank als aus der »Presse«, Messer und Gabel spotten des Versuchs, den *fork and knife*-Kultus der Engländer mit ihnen durchzuführen; der Wasser- und Handtuch-Luxus ist noch unbekannt und das Ein-Waschbecken-Prinzip wird noch in rigoröser Weise aufrecht erhalten. Aber wie lange ist es denn her, daß wir dieses Prinzipes los und ledig geworden sind? und wie viele kleine Städte giebt es überhaupt, die siegreich damit gebrochen haben?

Bleibt als letztes – die Bettfrage. Hiermit steht es nun freilich schlimm; aber – wo stünd' es besser? Wo sind die Betten, angesichts deren das »gute Nacht« des sich zurückziehenden Hausknechts nicht zu einer blos schabernackschen Bemerkung würde, wo sind die Ruhekissen, die wirklich Ruhe verheißen, wenn nicht das »persische Pulver« bereits seine Zauberkreise gezogen hat? Der kleine norddeutsche Gasthof und der böhmische Hostinec, sie sind Geschwisterkind, und Anverwandte sollen nichts übles von einander reden.

So viel über Dörfer und Städte, über »Ring« und »Hostinec.« Auch noch ein Wort über die Menschen.

Von unseren Truppen, die nun seit zwei Monaten Zeit gehabt haben, die böhmische Bevölkerung kennen zu lernen, hört man nichts Gutes über diese letztere; Offiziere wie Mannschaften führen eine bittere Sprache und es bleibt höchstens darüber ein Zweifel, ob mehr Empörung oder Verachtung diese bittere Sprache diktirt. Alle Zeichen des Racenhasses (um so echter da, wo man sich keine Rechenschaft davon giebt) treten hervor. Zu den persönlichen Erlebnissen jedes Einzelnen kommen die »Trautenauer Geschichten«, die Geschichten von Leichenraub und Verstümmelung, von verschütteten und vergifteten Brunnen hinzu, um das ohnehin bis an den Rand gefüllte Glas überlaufen zu machen.

Es ist nicht Hang zum Widerspruch, sondern nur eine Pflicht gegen Recht und Wahrheit, wenn ich hiermit versichere, all' diese Tage über keinem einzigen Erlebniß begegnet zu sein, das mich berechtigte, in das so lebhaft lautgewordene Verdammungsurtheil einzustimmen. So oft wir um Auskunft fragten, wurde uns diese Auskunft ertheilt, in der Regel mit Zuvorkommenheit; da, wo man aus berechtigtem Vaterlandsgefühl, diese Zuvorkommenheit nicht zeigen wollte, trat eine gewisse reservirte Haltung ein, aber diese reservirte Haltung nahm nie die Form eines direkten Abweises an. Mitunter – namentlich bei solchen, die sich durch militairische Haltung als alte Soldaten kennzeichneten – flammte in den Augen etwas wie Haß auf; sie sahen uns scharf an, musterten uns und schienen sagen zu wollen: »wir sehen uns wieder;« aber all der Groll, der in ihnen kochen mochte, hielt sie nicht ab, auf die ruhig gestellte Frage eine ruhige Antwort zu geben. Dies geschah selbst an solchen Orten (beispielsweise in Podoll), wo sie über die rückgängigen Bewegungen der Ihrigen, über große Verluste und endliche Niederlage zu berichten hatten. Von Schabernack, von absichtlichem Irreführen, von all den Eulenspiegeleien Norddeutschlands keine Spur. Zu Gängen immer bereit, immer bereit einen Mantelsack zu tragen, immer bereit einen Trunk Wasser herbeizuschaffen! Die Motive dabei gehen mich nichts an, ich berichte die Thatsachen.

Der hervorstechende Zug im Volkscharakter schien mir eine scheue, leise sprechende, leis auftretende Artigkeit zu sein. Alles machte den Eindruck, als ob man sich auf Socken bewege, während das preußische Auftreten (durch den Kontrast gesteigert) mich regelmäßig an Stulpstiefel und Pfundsporen erinnerte. Die Czechen, nach ihrer Oberfläche zu urtheilen, sind ein feingebautes, glattes Volk. Sie haben »Formen« und diesen Formen gegenüber, wird der mehr oder weniger formlose Norddeutsche immer eine Neigung haben, von Falschheit und Tücke zu sprechen. Schon der Sachse muß sich, um seiner Artigkeit willen, beständig diese Anklage gefallen lassen.

Was ist es denn nun aber eigentlich mit dieser »Falschheit und Tücke?« Die ewige Fehde dagegen ist nichts wie eine Glorifizirung der Rücksichtslosigkeit, wie eine Prämiirung der Grobheit. Es ist dabei mit den Stämmen, wie mit den Individuen. Jeder, der artig und umgänglich ist, der in der Debatte, selbst im Streit, Gewalt über sich hat, jeder der »allerstärkste Ausdrücke« vermeidet und es nirgends als seinen Beruf empfindet, allen Menschen ein Register ihrer Schwächen und Sünden vorzuhalten, jeder, sag ich, der diese feineren Formen des Verkehrs besitzt, wird immer einmal der Gefahr verfallen, für einen heimtückischen Gesellen, für einen »unsicheren Passagier« gehalten zu werden. Wie beneidenswerth dagegen ist die Rolle des pommersch-brandenburgischen Biedermanns! A. tritt in das Haus seines Freundes und Nachbars B. und findet alles schlecht: das Geschäft wird nach falschen Prinzipien betrieben, die Kinder werden nach falschen Prinzipien erzogen, Apfelwein ist Gift, Weißkohl ist Magenmörderei und die Sitte des Tischgebets halb eine Lächerlichkeit, halb eine Blasphemie. Die Unterhaltung nimmt einen Charakter an, daß man fürchten muß, die Freunde werden sich nie wieder sehen. So trennen sie sich. Am Abend ist A. in seinem Stammlokal; er findet einen beliebigen C., der es sich einfallen läßt, den abwesenden B. wegen seiner »Prinzipien in Geschäft und Erziehung« anzugreifen. Es sind genau dieselbe Gründe, die unserem A. vor wenigen Stunden noch so geläufig waren. Aber das ist vergessen. Im Grunde genommen ist A. ein Krakehler und weiter nichts, ein Oppositionsmacher von Beruf und nunmehr seiner ewigen Streitlust den Mantel biedermännischer Hochherzigkeit umhängend, tritt er plötzlich in aller Freundschafts-Glorie für den abwesenden und bedrohten B. in die Schranke. C. wird culbutirt, denn in solchen Kämpfen siegt immer der Edle. B. erfährt es am andern Morgen beim Frühstück, wie A. für ihn gefochten. Ihm werden die Augen feucht und er sagt zu seiner Frau: »Ich lobe mir doch die groben Menschen. Sieh diesen A. Es ist doch eigentlich eine edle Natur«.

So liegen die Dinge und man sollte, Individuen wie Stämmen gegenüber, doch nach gerade darauf verzichten, die Grobheit als die Vorhalle zum Tempel der Wahrheit anzusehen. Auch die Grobheit lügt. Und die Geschliffenheit, selbst mit den Mängeln, die sie haben mag, steht jedenfalls der Kultur näher als ihr Gegentheil.

VII PODOLL

Wir hatten in Turnau einen guten Schlaf gethan und waren erst zwischen zehn und elf auf dem Wege nach Podoll, nach demselben Dorf an der Iser, das wir schon am Abend vorher in Monddämmer passirt und, freilich mit geringem Erfolg, vom Wagen aus gemustert hatten. Wir kamen nun von der entgegengesetzten Seite und schritten in derselben Richtung und auf demselben Wege vor, auf dem unsre Truppen (die thüringische Division) am 26. Juni Abends zu ihrem ersten Rencontre vorgegangen waren. Es war eine reizende Fahrt; ein frischer Westwind kam uns entgegen, an dem hellblauen Himmel zog weißes Gewölk, dann und wann wie Silber aufleuchtend im Sonnenschein, dann wieder stumpf und glanzlos. Die Nachtruhe hatte uns erquickt und der Wind und die vorwirkende Nähe eines Feldes, auf dem »das erste Blut« geflossen, gaben unseren Herzen die rechte Spannung. Das Gefecht von Podoll hatte den Zweck, die Iser-Uebergänge zu gewinnen und dadurch die Verbindung zwischen der Ersten Armee (Prinz Friedrich Karl) und der Elbarmee (Herwarth v. Bittenfeld) wenn nicht herzustellen, so doch vorzubereiten. Dem 4. Armee-Corps, das am rechten Flügel der Ersten Armee marschirte, fiel diese Aufgabe zu. Die beiden Divisionen dieses Corps, Fransecky und Horn, leiteten zu diesem Behuf eine Anzahl von Gefechten ein; die ersten Gefechte hatte die Division Horn (Thüringer). Am Mittag des 26. Juni warf sie den Feind bei Turnau, am Abend desselben Tages hatte sie der ernstere Gefecht bei P o d o l l. Etwa um die Mittagsstunde hielten wir am Eingange dieses Dorfes. Wir stiegen aus und ließen unseren Wagen linksab auf ein großes Gehöft fahren, das mit seinen vorspringenden Giebeln und durch einander geschobenen Kofen und Stallgebäuden einen malerischen Anblick bot. Der Himmel war bedeckter geworden, einige Regentropfen fielen, dann und wann schüttelte der Wind in den Obstbäumen, die nach böhmischer Sitte die Häuser umstanden und mit ihren dichtbelaubten Kronen für die Mängel des manchmal eingesunkenen Strohdaches aufkamen. Podoll, wie die Mehrzahl aller Dörfer, die wir passirten, ist nur ein kleines Dorf. Es hat keine Bedeutung an und für sich, wohl aber eine strategische, weil hier die Brücken sind, die über die von Ost nach West fließende Iser führen. Podoll liegt am nördlichen Ufer des Flusses und zwar dergestalt, daß seine einzige Gasse nicht parallel dem Flußbett hinläuft, sondern rechtwinklig auf dasselbe stößt. Da, wo die Dorfgasse den Fluß erreicht, hört im Wesentlichen das Dorf auf und die Straße nimmt nunmehr den Charakter eines Dammes an, der quer das Iserbett durchschneidet. Der Damm selbst wieder ist an drei Stellen durchschnitten und überbrückt und zwar selbstverständlich immer dort, wo die in drei Wasserstreifen fließende Iser von der Seite her den Damm trifft. Etwa hundert Schritte hinter der dritten Brücke steht noch wieder ein einzelnes, und zwar massives Haus, wie ein vorgeschobener Posten des Dorfes. Auf der Strecke, die zwischen der ersten Brücke und diesem vorgeschobenen Hause liegt, hat das Gefecht stattgefunden, das sich in zwei Hälften gliedert, von denen erst die zweite den Erfolg brachte.

Nach dem unvollkommenen und zum Theil sehr

widerspruchsvollen Material, das bis jetzt über dieses Gefecht vorliegt, war der Hergang etwa folgender.

Podoll war durch die Brigade Poschacher, die sogenannte »eiserne Brigade« (bestehend aus den Regimentern Martini und König von Preußen und aus dem 18. Jäger-Bataillon) besetzt; es war das dieselbe Brigade, die im schleswigschen Kriege den Königshügel gestürmt und durch Wegnahme dieser dominirenden Position zur Eroberung des Dannewerks sehr wesentlich beigetragen hatte. Diese sieben Bataillone sollten hier die Iser-Uebergänge halten und dadurch die erstrebte Vereinigung zwischen dem Centrum und dem rechten Flügel der feindlichen (preußischen) Armee verhindern.

Etwa neun Uhr Abends erschienen die ersten Abtheilungen unserer Avantgarde vor Podoll. Es war das Füsilier-Bataillon des 72. Regiments, und so traf es sich denn, daß das letzte Bataillon der Armee das erste im Feuer war. Zwei Compagnieen (die 10. und 11.) nahmen die Dorfgasse, und unterstützt von der 4. Compagnie (Hauptmann v. Michalowsky) des Magdeburgischen Jäger-Bataillons, drangen die Füsilire bis an die erste Brücke vor, während der Rest der Avantgarde (eine Jäger- und zwei Füsilier-Compagnieen) den Feind von rechts und links her zu umgehen trachteten. Diese Umgehung scheiterte indeß an der Unpassirbarkeit der Iser, so daß sich nunmehr ein Feuergefecht entspann, das, über das Flußbett hinweg, von hüben und drüben geführt wurde. Hauptmann v. Michalowsky fiel. Im Uebrigen waren die diesseitigen Verluste gering, da Häuser, Bäume und Brückengeländer eine vorzügliche Deckung gewährten und unsererseits kein ernster Versuch gemacht wurde, die drei Brücken mit stürmender Hand zu nehmen. Anders die Oesterreicher. Diese, von der Unzureichendheit unserer Kräfte sehr bald unterrichtet, gingen jetzt ihrerseits zum Angriff über. Eine Terrainsenkung hinter dem massiven Hause hatte ihren sieben Bataillonen, so lange diese den Angriff der Preußen abwarteten, eine völlig gesicherte Stellung gegeben, in demselben Augenblicke aber, in dem sie aus dieser schützenden Position heraustraten, geriethen sie unter die volle Wirkung des Zündnadelgewehrs. Wie ein Augenzeuge schreibt: »lange Reihen weißer Uniformen, vom Mondlicht beschienen, stiegen aus einer Senkung auf, und fast eben so rasch, wie die weiße Wand heraufgestiegen war, verschwand sie wieder.« Die Oesterreicher selbst gaben ihre Verluste während dieser ersten Hälfte des Gefechtes auf einhundertvierundfünfzig Todte und Verwundete an.

So mochte das Feuergefecht, resultatlos, länger als eine Stunde gestanden haben, als man österreichischerseits, es koste was es wolle, vorging, um den durch seine Waffe überlegenen Feind durch große numerische Ueberlegenheit aus dem Dorfe hinauszuwerfen. Diesem Entschluß – von dem Augenblick an, wo er ernstlich gefaßt war – war nicht zu widerstehen; die Unserigen wurden geworfen und zogen sich durch die Dorfgasse nordwärts zurück. Aber nicht auf lange. Unmittelbar vor dem Dorf stießen die sich zurückziehenden Compagnieen auf vier Bataillone ihres Gros, das General-Major v. Bose im Laufschritt heranführte. Das Gefecht von Podoll trat jetzt in seine zweite Hälfte ein. Das Dorf selbst wurde im ersten Anlauf wiedererobert und, die Verwirrung des sich zurückziehenden Feindes benutzend, die erste, zweite und endlich auch die dritte Iserbrücke von den Unsrigen mit stürmender Hand genommen. Hier aber traten sie in das Schußfeld des mehrgenannten massiven Hauses ein und, scharf beschossen, während die wieder in der Senkung stehenden

Oesterreicher sich der Wirkung unseres eigenen Feuers entzogen, mußten die Unsrigen bis an die erste Iser-Brücke zurück. Um den Besitz dieser Brücken entspann sich nun der eigentliche Kampf; das Gefecht der Avantgarde war nur Vorspiel gewesen. Noch zweimal wurde der Feind, noch zweimal wurden die Unsrigen geworfen; beim d r i t t e n Vorstoß drangen die Füsiliere vom 31. und 71. Regiment in das massive Haus ein und entschieden durch Wegnahme dieses Stützpunktes das Gefecht. Der Feind hatte in dieser zweiten Hälfte des Gefechts einhundertvierundneunzig Todte und Verwundete verloren; fünfhundert waren gefangen. Unsererseits war der Oberst-Lieutenant v. Drygalski, Commandeur vom Füsilier-Bataillon des 31. Regiments, gefallen.

Das war das Gefecht bei Podoll. –

Wir standen nun an der ersten Brücke, von wo man das Gefechtsfeld hüben und drüben am Besten übersieht. Einzelne Brückenbalken waren angeschweelt und deuteten auf einen gescheiteren Versuch, die Brücke abzubrennen. Allerdings hatte Dorf Podoll den Charakter eines Brückenkopfs, und Brückenköpfe soll man halten; nichtsdestoweniger handelten die Oesterreicher klug, diesen Satz nicht auf's Strengste zu nehmen, da sie, von überlegenen Kräften angegriffen, (ein Fall, der zufällig nicht eintraf, aber doch eintreffen k o n n t e), eine Flankirung und dadurch die Gefangennahme alles dessen, womit sie das Dorf besetzt hielten, kaum hätten vermeiden können. Dorf Podoll selbst schien nicht erheblich gelitten zu haben; mit Ausnahme eines zerschossenen Hauses links neben der Brücke, waren außer Kugelspuren hier und da nur wenige Zeichen des Kampfes zu entdecken. Es spricht dies (neben unsern geringen Verlusten bei der ersten Wegnahme des Dorfes) augenscheinlich dafür, daß österreichischerseits kein e r n s t e r

Versuch gemacht wurde, das Dorf selbst zu halten, sondern daß man von Anfang an entschlossen war, nur die drei Brücken zu vertheidigen. Und das war auch wohl das Richtige.

Während wir diese Fragen lebhaft diskutirten, hatte sich uns ein eisgraues Männlein zugesellt, seine Mütze gelüpft und sich uns als der »Archivar von Schloß Swigan« * vorgestellt. Er begleitete diese seine Vorstellung mit einer Handbewegung nach rechts, wo wir, auf einem Höhenzuge, der das Iserthal begleitete, die Thürme des Schlosses aufsteigen sahn. »Das Haus dort unten ist meine« setzte er mit heiterer Ruhe hinzu und wies auf ein paar weiße Wände, die am Fuße des Hügels aus dem Laub eines Obstgartens zu uns herüber sahen.

Bald waren wir im eingehendsten Gespräch. Der »Herr Archivar«, ein hoher Siebziger, hatte, neben jugendlicher Rührigkeit, die Mittheilsamkeit des Alters und schien den eben beendeten Krieg weniger von einer national-politischen, als vielmehr von einer gewissen dramatischen Seite aus anzusehen. Er sprach über die Vorgänge, deren Zeuge er gewesen war, wie über ein Sensationsstück, das ihm Grauen eingeflößt habe, aber seine Theilnahme war rein ästhetischer Natur und Oester-

* Schloß Swigan, wie das in der Nähe gelegene Schloß Lankowetz (in der Richtung nach Münchengrätz hin), gehören dem Fürsten Rohan; der Fürst aber, wenn er überhaupt in Böhmen ist, residirt auf Schloß Sichrow (nördlich von Turnau), das nach Lage und Einrichtung zu den schönsten Schlössern des Landes gehört und als Hauptquartier des Prinzen Friedrich Karl, bei Beginn des Krieges viel genannt wurde. Die von Turnau nach Reichenberg führende Bahn führt daran vorüber und gestattet einen vollen Blick in die kostbaren Parkanlagen. Der Fürst – übrigens einer der wohlgelittensten unter den böhmischen Grand Seigneurs – ist nur Sportsman und sein Leben eine lange Reihe von Jagden im großen Styl.

reich und Preußen beschäftigten ihn etwa wie Bohemund Cajetan in der Braut von Messina. Zwei Chorführer, von denen immer der Recht hat, der zuletzt gesprochen.

Die Aussagen unseres Archivars (die sich übrigens ausschließlich auf die zweite Hälfte des Kampfes zu beziehen schienen) bestätigten, daß der Kampf ein Hin- und Herwogen gewesen und der Damm mit seinen drei Brücken zweimal genommen und zweimal wieder verloren worden sei, bis beim dritten Vorgehen die Wegnahme des massiven Hauses den Kampf zu Gunsten der Preußen entschieden habe. Den Tod des Oberstlieutenants von Drygalski, der an der Spitze seines Bataillons blieb, erzählte unser Alter von Schloß Swigan wie folgt: Der Oberstlieutenant, als er zum ersten Mal zur Attacke vorging, traf inmitten der Brücke auf einen Jäger-Korporal, der seinen eben tödtlich getroffenen Offizier mit beiden Armen aufgefangen hatte; mit seiner Linken hielt er gleichzeitig die Büchse festgeklemmt. »Gewehr weg«, rief ihm der Oberstlieutenant zu; der Korporal rührte sich nicht. »Gewehr weg«, zum zweiten Mal. In diesem Augenblick warf der Angerufene einen raschen Blick auf das Antlitz des Offiziers, und wahrnehmend, daß er nur noch eine Leiche in seinen Armen habe, ließ er den bis dahin sorglich Gehaltenen rasch zur Erde fallen, packte mit der Rechten nach seiner Büchse und stach den Obristlieutenant (der ihn ersichtlich hatte schonen wollen) mit dem Haubayonett nieder. So die Erzählung. Ob sie die Wahrheit trifft, stehe dahin, denn die sagenbildende Kraft ist noch immer groß und nirgends größer als auf den Schlachtfeldern.

Wir überschritten nun, unter Führung unseres Freundes, die drei Brücken. Ich fragte ihn wiederholentlich, ob der Kampf immer nur auf dieser einen Linie geführt worden sei, was er jedesmal bestätigte. Ich halte dies aber für unwahrscheinlich. Neben dem Straßendamm mit seinen drei Brücken, läuft (auf kürzeste Distance) ein Eisenbahndamm mit ebenfalls drei Brücken her, und es liegt auf der Hand, daß der, der den Eisenbahndamm hatte, dadurch daß er in Flanke und Rücken seines Gegners kam, binnen kürzester Frist auch die Hauptlinie beherrschen, das heißt also auch den Straßen-Damm haben mußte. Es scheint mir so gut wie gewiß, daß das Gefecht schließlich durch dies Vordringen in der Flanke (auf dem Eisenbahndamm) entschieden wurde. Nur dadurch erklären sich die fünfhundert Gefangenen. Ein bloßer Angriff in der Front hätte es dem Feinde (der noch dazu eine Elite-Truppe an dieser Stelle ins Feuer führte,) jederzeit leicht gemacht, seinen Rückzug ohne Gefangenen-Verlust zu bewerkstelligen.

Diese und ähnliche Gespräche hatten uns endlich bis an das »massive Haus« geführt; fast unmittelbar hinter demselben war die Terrain-Senkung, die den feindlichen Bataillonen, so lange sie nicht zum Sturme vorgingen, Schutz gegen unser Feuer gewährt hatte. Wir traten in das Haus ein, das erst am Tage vorher von seinen Bewohnern wieder bezogen worden war. Die Fenster waren zerschossen, alle Zimmer leer, nichts drin wie Fliegen und Kugelspuren. Nur in der Küche schien Leben. Wir öffneten; auch hier Niemand. Aber auf dem Herde flackerte ein Feuer; überkochendes Wasser fuhr zischend in die Flamme, während auf der Erde, in Kissen verpackt, ein Kind schlief. Neben dem Kinde ein Hund. Er richtete sich auf, schüttelte seine Ohren, gähnte und legte den Kopf wieder auf die ausgestreckten Pfoten. Er hatte uns angesehen, daß wir nicht als Feinde gekommen waren.

Leis schlossen wir wieder die Thür und nahmen Abschied von Podoll und seinem »massiven Haus«.

VIII MÜNCHENGRÄTZ

Ehe wir Podoll verließen, hatten wir noch die Gräber der Gefallenen zu besuchen. Wir fuhren später, auf den Schlachtfeldern von Gitschin und Königgrätz, an mächtigeren Gräbern, an zahlreicheren Kreuzen vorbei, aber wenig Stätten wecken ein gleiches Interesse, wie die, wo »die Ersten« ruhn. Das ist bei Podoll.

Die Begräbnißstätte befand sich neben dem großen Gehöft, wo wir unser Fuhrwerk zurückgelassen hatten. Unser Freund, der Archivar, übernahm auch auf diesem letzten Gange unsere Führung. Die Gräber ziehen sich an einem frischen Wiesengrund, zwischen diesem und der Landstraße hin. Von Obstbäumen umstellt, macht das Ganze den freundlichen Eindruck eines Gartens, – die Gräber ebenso viele Beete. Es sind ihrer vier, groß und klein, alle sorglich gepflegt, die einen wie die andern mit Rasen dossirt und mit Weidenruthen korbartig umflochten. Die Ränder, da es an Blumen fehlen mochte, waren mit rothen Berberitzen umsteckt, was den Eindruck des Freundlichen steigerte. Jedes Grab hatte Kreuz und Inschrift. »Hier ruhen in Frieden vier preußische und österreichische Offiziere«; »hier ruhen in Frieden dreiundzwanzig preußische und einhundertzehn österreichische Helden, gefallen am 26. Juni in Podoll.« Für das Grab Drigalski's wurde eben der Denkstein gemeißelt. Er wird die Inschrift führen: »Im Sturm auf das Dorf Podoll starb den Heldentod für König und

Vaterland an der Spitze seiner Füsiliere der Königlich preußische Oberst-Lieutenant Eugen von Drigalski, Commandeur des Füsilier-Bataillons 1. Thüringischen Infanterie-Regiments Nr. 31, in der Nacht des 26. Juni 1866. Die Kameraden seines Regiments.« – So lange das Auge unseres alten Archivars über dieser Stelle wacht, wird sie wohlgeborgen sein.

Wir brachen nun auf – es war Spät-Nachmittag geworden – um Münchengrätz vor spätem Abend zu erreichen. An der Nordseite der pittoresk geformten Musky-Berge hin, die in den Gefechten am 28. Juni eine Rolle gespielt hatten, ging unser Weg hin; der andere Tag sollte uns noch näher daran vorüberführen. Etwa halben Wegs durchschnitten wir die Eisenbahnlinie, die wir bis dahin immer unmittelbar zur Rechten gehabt hatten, und ziemlich gleichzeitig mit dem vollen Dunkel des Abends zogen wir in die Münchengrätzer Gassen ein. So viel sich bei der Dunkelheit des Abends erkennen ließ, war es kein Ort, dem man eine Zusammenkunft zwischen den Kaisern von Rußland und Oesterreich und dem Könige von Preußen, eine Zusammenkunft wie sie hier (1833) wirklich statt fand, angesehen hätte.

Wir fuhren auf den Ring. Die Scenen aus Prag schienen sich wiederholen zu wollen: »alles besetzt«. Endlich fanden wir ein Unterkommen in einer benachbarten Ausspannung; auch hier nur durch die Dazwischenkunft eines pommerschen Pionier-Sergeanten, der – mehr Pionier als Pommer – uns in verbindlichen Formen seine Schlafkammer zur Verfügung stellte. Wo er selber genächtigt hat, ist uns ein Geheimniß geblieben. Wir vermieden indiskrete Fragen. Selbst unsre Vermuthungen sind stumm.

Die Schlafkammer, ohne undankbar kritteln zu wollen, war indessen so vollständig nur sie selbst, daß es sich nicht empfahl, dieselbe anders als auf ihre eigentliche Bestimmung hin auszubeuten. An der einen Wand war der Kalk abgefallen, an der andern Seite hingen Rieger-Palaczki (etwa wie Waldeck-Jacobi) schief eingerahmt an der Wand. Ein Talglicht auf einer Bierflasche – ohnehin meine schwache Seite – war nicht angethan, durch die Zauber des Helldunkels die Mängel der Gesammt-Scenerie auszugleichen. So gingen wir in die Wirthsstube.

Hier – die Stube war überfüllt – herrschte ein wunderliches Treiben. Alles erschien uns wie verwandelt. Keine Spur von der scheuen Haltung, die uns bis dahin, so oft wir mit czechischem Volk verkehrt hatten, entgegen getreten war. Lautes Lachen, lautes Sprechen, dazu bekannte Anklänge im Dialekt, – wir horchten auf, und der erste Satz, den wir in aller Deutlichkeit vom nächsten Tisch her hörten, war: »nein, Wedemeyer, darin bist Du Irrländer! wenn Du in Erwägung ziehen willst (... erstens, zweitens, drittens), so wirst Du als Mensch und Berliner zujeben müssen, daß...« Der Rest verklang in dem allgemeinen Lärm. Auch hatten wir genug gehört. Wir befanden uns hier unter zwanzig, dreißig, Landsleuten, residenzliche Fuhrherren (dritten Ranges) und Droschkenkutscher, die, theils dienstlich ausgehoben, theils privatim angeworben, durch die große Kriegswoge hierher verschlagen waren. Münchengrätz, zur Zeit seiner Blüthe, hatte einen nach vielen hundert Wagen zählenden Fuhrpark gehabt, und was jetzt hier an den Nachbartischen saß und schrie und scharmutzirte und randalirte, das waren die Ueberreste jener kleinen Armee von Rosselenkern, die hier kommend und gehend, sicherlich weit über die Wünsche der Münchengrätzer hinaus, wochenlang in Garnison gelegen hatten.

Eine bedenkliche Einquartirung. Andern Tages erst gewannen wir einen vollen Einblick in dies Treiben. Einer dieser Kutscher (der uns nach Gitschin zu schaffen hatte) durch allerhand kleine Mittel vertraulich gemacht, begann, während wir an der entzückendsten Landschaft vorüberfuhren, uns die Fuhrpark-Mysterien von Münchengrätz zu erschließen. Die poesie- und sagenreiche Landschaft gewann vielleicht unter diesem Kontrast. Abgründe thaten sich auf; alles indeß mit breitem Behagen vorgetragen, mit einer Miene, die an der sittlichen Berechtigung dieser Dinge nicht den geringsten Zweifel ließ, gingen wir schließlich selber auf einen Ton ein, den bekämpfen zu wollen, nichts gefruchtet, wohl aber uns um den Einblick in dies seltsame Stück Volksleben gebracht hätte. Fuhrpark-Bälle waren gegeben, Lustspiele aufgeführt, Ballets (mit Schlußtableaux) in Scene gesetzt worden; ob unter lebhafter Betheiligung der Bevölkerung, ist uns ein Geheimniß geblieben. Die großstädtischen Toiletten, die Glitzeraugen und scharf geschnittenen Profile, die uns, was das Damenpersonal anging, schon am Abend vorher aufgefallen waren, deuteten wenigstens darauf hin, daß auch Lustspiel und namentlich Ballet überwiegend aus Berliner Mitteln bestritten worden waren. Die Unterbringung dieses Personals hatte nie Schwierigkeit gemacht; der Wagenpark selbst hatte dazu die ausreichendste Gelegenheit geboten. »Ein offener Himmel und fünf Decken« – wie unser Gewährsmann sich drastisch ausdrückte – »sind das eigentliche Himmelbett.«

All dies waren Mittheilungen, die uns erst der nächste Tag brachte; zunächst standen wir noch »inmitten der Ereignisse selbst«. Aber nicht lange mehr. Vielleicht zu früh für unsere Menschenkenntniß zogen wir uns, unter den Schutz von »Rieger und Palaczki«, in unsere Kammer zurück, müde genug, um auch unter erschwerenden Umständen eines festen Schlafes sicher zu sein. Und so geschah's.

Die Sonne weckte uns. Da wir indessen, wenn dieser Ausdruck gestattet ist, nur *en echelon* aufstehen und unsere Toilette, beziehungsweise unseren Abmarsch bewerkstelligen konnten, so war es keineswegs früh, als wir im Gastzimmer uns wieder zusammenfanden. Namentlich der Dritte, – eine Erfahrung, die sich auf der ganzen Reise wiederholte, – war immer bedeutend im Hintertreffen. Dies war unvermeidlich. Die Ausstaffirung eines böhmischen Waschtisches (ein Napf und ein Seidel Wasser) gestattete in der Regel, daß bei einem äußersten Oekonomisiren mit Wasser zwei Personen einen kümmerlichen Reinigungsakt vornehmen konnten; aber der unglückliche Dritte, wie bestrebt auch seine Mitreisenden sein mochten, nach billigen Theilungsprinzipien zu verfahren, sah sich doch jedesmal *vis-à-vis du rien.* Er war immer in der Lage, erst neue Wasserzufuhr abwarten zu müssen. Dies hatte nun aber, mal für mal, die äußersten Schwierigkeiten, vielleicht weil dem ohnehin abgehetzten, mit seinen Traditionen keineswegs innerhalb der Aera der englischen Wasserwerke stehenden Dienstpersonal, eine Vorstellung von der Unerläßlichkeit gerade d i e s e r Dinge am schwersten beizubringen war.

So erging es unserem *»Troisième«* überall; natürlich auch in Münchengrätz. Aber, kommt Zeit, kommt Rath. Wir waren endlich zusammen, tranken unser »Glas Kaffe«, und schickten uns an zum Gange in die Stadt.

Bald standen wir auf dem »Ring«. Es war der erste, den wir mußevoll betrachten konnten und die Bauart dieser slavischen Marktplätze, die ich in einem früheren

Kapitel bereits in ihren allgemeinen Zügen beschrieben habe, interessirte mich lebhaft. Die in Front stehenden Giebel der Häuser, theils einfach zugeschrägt, theils ausgeschweift nach Art des Jesuiterstils, waren auf ihren Absätzen mit Spitzen, Kugeln oder Bildwerken geschmückt, während die Wandflächen, besonders über den Thür-Eingängen, allerhand primitive Fresken zeigten: Maria mit dem Kinde, Johannes mit dem Lamm, Erscheinung und Himmelfahrt. Ich sah später stattlichere Plätze derart, aber keinen, der so eigenthümlich gewesen wäre.

Ich versuchte nun, mit Karten und Zeitungsblättern in der Hand, mir eine Vorstellung von dem Gange des Gefechts am 28. Juni zu machen, allein vergeblich. Anfragen bei einzelnen deutsch-radebrechenden Czechen, führten mich vollständig in die Irre. Nach anderthalbstündigem Umherwandern entschieden wir uns vorläufig für Frühstück, die Lösung dunkler Fragen der historischen Entwicklung überlassend. Wir traten nun in das Gasthaus am Ring, bestellten Gullasch und Leitmeritzer Bier und suchten uns eine gute Ecke. Die guten Ecken sind allemal diejenigen, wo man erstens nicht im Zug sitzt, zweitens alles sieht und drittens nicht gesehen wird. Eine solche Ecke fanden wir hier. Dazu das bunteste Treiben. Immer neue Wagen fuhren vor, Offiziere von den umliegenden Regimentern stiegen ab; Erkennungs- und Begrüßungs-Scenen belebten das Bild. Es war das Treiben eines Markttages in's Soldatische übersetzt. Die Heiterkeit, der Lärm und – der Appetit waren dieselben.

Wir hatten nicht umsonst gehofft; beim Leitmeritzer Bier kamen uns allerhand gute Gedanken. Es war uns jetzt klar, daß wir den Kirchthurm besteigen müßten, um einen Ueberblick über das Gefechtsfeld und den

Gang der Münchengrätzer Affaire zu haben. Und so brachen wir denn auf, der Kirche zu. Der czechische Küster, nachdem wir uns verständigt, hob die Luken aus, wir aber ritten auf den Balken und sahen hinein in das lachende Panorama. Nun war auf einmal alles übersichtlich geordnet. D o r t, nach Nordwesten hin, lag »Kloster«, von wo Herwarth mit seinen Rheinländern heranrückte, dort die Batterie, die ihn beschoß, und dort, immer mehr an die Stadt und unseren Thurm heran, das Waldsteinsche Schloß, an dem vorbei (und dann in Schlängellinie durch Münchengrätz hindurch) die Avantgarde der Elb-Armee dem sich zurückziehenden Feinde in energischem Anlauf folgte. Und h i e r (wir hatten unsern Platz gewechselt), in entgegengesetzter Richtung, nach Osten und Südosten hin, ragten die pittoresken Muskyberge auf, schimmerte der Kirchthurm von Bossin und zog sich jene Bossiner Straße hin, auf die General Fransecky (mit Abtheilungen vom 27. Regiment) beinahe rechtwinklig vorstieß und den zu neuem Widerstand entschlossenen, gleichzeitig in der Front durch Herwarth gedrängten Feind, bis nach dem tiefer gelegenen, unserem Auge nicht mehr zugänglichen Fürstenbrück zurückwarf.

Ein Bild von dem Gange des Gefechts war gewonnen; klar trat selbst dem Laien entgegen, durch welchen Zug die Partie gewonnen war, aber etwas blieb uns versagt: einzelne Züge aus dem Kampfe selbst zu erfahren. In Podoll hatte man uns allerhand zu erzählen gewußt, hier fehlte unser Freund, der Archivar, hier hieß es einfach: »Die Preußen gingen von d o r t h e r vor und warfen die Unsrigen nach d o r t h i n zurück. Vielleicht hatte der Kampf keine sich einprägenden Einzelmomente, vielleicht auch lag es daran, daß Niemand da war, um diesen Einzelmomenten zu folgen. Alles war zerstoben und verflogen; von den etwa viertausend Einwohnern waren nur fünfundsechzig in der Stadt verblieben.

Der Hammer neben uns begann eben zu schlagen. Es war gerade Mittag und wir hatten zwölf Schläge auszuhalten. Das Gespräch stockte, aber wir sahen nach dem Waldsteinschen Schloß hinüber, über dessen Dach ein Volk Tauben schwebte. Ein Bild tiefen Friedens. Unter diesem Dach hatte der K o n g r e ß getagt, zu dem die Träger der »heiligen Allianz« sich vor dreiunddreißig Jahren zusammengefunden hatten. Was war noch übrig davon? Oesterreich todtwund; Rußland unversöhnt seit jener »Undanks-Neutralität«, die ihm eine Flotte und seine europäische Suprematie kostete; Preußen über das Gängelband Metternichs und über den Erniedrigungstag von Olmütz hinaus und – Herr in Deutschland.

IX NACH GITSCHIN

Am anderen Morgen brachen wir auf nach Gitschin. Der direkte Weg dahin (von Münchengrätz aus) führt über Fürstenbrück, da wir indessen das mehr östlich gegelegene Schloß Podkost, das am Morgen des 29. Juni von der Avantgarde (pommersche Jäger und 14er Füsiliere) des 2. Armeecorps genommen worden war, kennen lernen wollten, so bogen wir schon in der Nähe von Bossin nach Osten hin ab, um die große von Podoll nach Sobotka führende Straße zu gewinnen, in deren Mitte etwa der Felsenpaß von Podkost, sammt dem gleichnamigen Schlosse gelegen ist. Der Querweg, den wir zu diesem Zwecke zunächst einschlagen mußten, führte uns an dem Südrande des Muskyberges vorüber, der den steilaufsteigenden Felspartieen der sächsischen Schweiz oder auch der schlesischen Heuscheuer nicht unähnlich, am 28. Juni (Gefecht von Münchengrätz) von den Vortruppen der 7. Division, auf oft nur mannsbreiten Felspfaden, überstiegen worden war. Es war dies derselbe Vorstoß, der – wie wir im vorigen Kapitel wenigstens andeuteten – schließlich gegen das Dorf Bossin gerichtet, an dieser Stelle die Rückzugslinie des Feindes traf, und dadurch den Tag um so rascher zu unseren Gunsten entschied.

Diese Muskyberge nunmehr zu unserer Linken, stutzten wir, daß diese steil aufragenden, zu einer kompakten Felsparthie zusammengedrängten Kegel, von unseren Truppen hatten passirt werden können. Wenig Umsicht, wenig guter Wille, wenig Entschlossenheit hätten genügt, diese Felsenmasse zu einer uneinnehmbaren Festung zu machen. Es war aber das Schicksal Oesterreichs, daß es an der einen oder anderen dieser Eigenschaften (oft an allen dreien) immer wieder und wieder gebrach. Die besten Stellungen blieben ungenutzt und in ebenso räthselhafter Weise, wie der Paß über die Muskyberge, beinah unvertheidigt, aufgegeben worden war, ging auch der Felsenpaß von Podkost verloren, dem wir jetzt, nachdem wir auf die Podoll-Sobotka-Straße eingebogen, in kurzem Trabe zufuhren. Mehrfach hielten wir an, theils wegen der Schönheit, aber auch wegen des geognostischen Interesses, das die Landschaft bot.

Unser Weg führte zunächst durch Tannenwald, der flach und eben daliegend, nicht im geringsten die Nachbarschaft grotesker Felsparthien ahnen ließ. Plötzlich wuchsen zwischen den Tannenstämmen einzelne Kegel wie Zuckerhüte auf, das Terrain zunächst noch mit den Bäumen theilend. Aber wenige hundert Schritte weiter genügten, um dem Bilde ein völlig anderes Ansehn zu geben; die einzelnen Felskegel waren nicht mehr Gäste im Walde, sie waren die Herren geworden und zu beiden Seiten des immer schmaler werdenden Weges hohe Felswände bildend, trugen sie nunmehr die Tannen, die eben noch ebenbürtig an ihrer Seite gestanden hatten, wie eine leichte Last auf ihrem Rücken.

Etwa zehn Minuten mochten wir durch diesen Felsenpaß gefahren sein, als sich derselbe zu einem freien Platz erweiterte. Die Tannen traten zurück, Linden und alte Nußbäume füllten den Raum; hinter diesen Bäumen aber, dieselben um mehr als hundert Fuß überragend, stieg auf einem vorspringenden Felsblock Schloß Podkost auf und sperrte mit seiner Häusermasse den

Weg. Alles was hier hindurch will, hat zunächst eine Art Schloßhof, dann das Schloßthor selbst zu passiren, in dessen Rücken abermals hohe Felswände aufsteigen, während ein Flüßchen (das sich an dieser Stelle zu einem Wasserbecken erweitert), den Raum zwischen dem Schloßthor und den dahinter gelegenen Felsen ausfüllt.

Wenn es je eine Stelle gab, die leicht zu vertheidigen war, so ist es diese. Jede Festung kann bekanntlich genommen werden, und wir stellen an Schloß Podkost nicht die Forderung, daß es einem ernstlichen, mit überlegenen Artilleriekräften unternommenen Angriff hätte Widerstand leisten sollen, aber es ist schwer zu verstehen, wie eine durch Artillerie, Jäger und eine ganze Brigade (die Brigade Ringelsheim) vertheidigte Position wie diese, beim Anrücken unserer aus etwa zwei Bataillonen bestehenden Avantgarde geräumt werden konnte. An eine jener vielgefürchteten Umgehungen (wenn an jenem Tage diese Furcht überhaupt schon existirte) war an dieser Stelle gar nicht zu denken, weil das eben genannte Flüßchen, unmittelbar im Rükken des Schlosses, die Felsenwände rechts und links durchschneidet und dadurch eine flankirende Vorwärtsbewegung, wenn auch nicht unmöglich, so doch unter allen Umständen schwierig und zeitraubend machte. Jeder Feind, der hier angriff, mußte entweder den Stier bei den Hörnern packen und das Schloßthor zu forciren, oder aber auf den Felsengraten vorgehend, erst diese, dann, im Hinabsteigen, das Flüßchen zu passiren suchen. Mit geringen Kräften war dem einen wie dem andern vorzubeugen. Man unterließ selbst den Versuch.

Bald hinter Schloß Podkost hören die Felsparthieen auf oder ziehen sich seitwärts und der Weg läuft, anscheinend durch eine Flachlands-Landschaft, dem nur noch eine halbe Meile entfernten Städtchen Sobotka zu.

Wir machten hier Halt, stiegen am Ringe, der auch hier die landesüblichen Arkaden zeigte, ab und bestellten in dem altmodischen Gasthof, dessen Zimmer noch mittelalterliche Gewölbe aufwies, einen Imbiß.

Wir waren nicht lange allein. Ein zweiter Wagen fuhr vor und drei Offiziere vom 2. Regiment (König Friedrich Wilhelm IV.) stiegen aus und gesellten sich uns zu. Der Wunsch, noch einmal die Kampfesstätte vom 29. Juni, dazu die Gräber jenes Tages und die in den Nachbardörfern liegenden Verwundeten zu sehen, hatte sie aus ihren nördlicher gelegenen Quartieren wieder auf das, eine ganze Kette von Gefechten aufweisende Terrain zwischen Podkost und Gitschin geführt. Sobotka ist etwa der Mittelpunkt dieses Terrains.

Selbstverständlich drehten sich unsere Gespräche um die verschiedenen Aktionen jenes Tages, besonders um die blutige Affaire bei Nieder-Lochow, an welcher das Bataillon (das zweite vom 2. Regiment), dem unsere drei Offiziere angehörten, vor allen anderen ruhmreich theilgenommen hatte. Es war dies jenes Gefecht, in welchem zunächst die Füsiliere vom 42., dann jenes ebengenannte 2. Bataillon fünf österreichischen Bataillonen, theils von der Brigade Ringelsheim, theils von der Brigade Kalik gegenüber gestanden und schließlich die feindlichen Reihen durchbrochen hatten. Mehr als einmal hatte, in dem ungleichen Kampfe, die Kraft die Unsrigen zu verlassen gedroht, aber mit dem lauten Gebet »Vater hilf! keine Schande, Sieg oder Tod«, waren sie endlich, während der Hauptmann, Freiherr von Kayserlingk, die Fahne des Bataillons ergriff, unter dem Schlagen aller Tambours zum Siege vorgedrungen. Schwere Verluste hatten diesen Sieg begleitet; elf Offiziere und einhunderteinunddreißig Mann, alle diesem einen Bataillon angehörig, waren todt oder verwundet; ein Borcke, ein

Massow, ein Dewitz*, waren gefallen; jedes der drei ältesten pommerschen Geschlechter hatte einen der Seinen hergegeben; in ein Grab hatte man sie bei einander gelegt. Von den Verwundeten jenes Tages lagen noch verschiedene, Offiziere wie Mannschaften, in den benachbarten Ortschaften, und diesen Verwundeten, wie schon angedeutet, galt in erster Reihe der Besuch unserer drei Offiziere. Wir trennten uns von ihnen, da ihr Weg sie von der Hauptstraße zwischen Sobotka und Gitschin in die seitwärts gelegenen Dörfer führte.

Es sind mir später von einem älteren Offizier desselben Regiments lebhafte Zweifel daran geäußert worden, daß das 2. Bataillon in jener heißen Stunde bei Nieder-Lochow wirklich das »Vater hilf«, das seitdem eine gewisse historische Berühmtheit erlangt hat, gebetet habe. Der Zweifelnde suchte seine Ungläubigkeit ebenso aus der Situation, wie aus dem pommerschen Charakter heraus, zu begründen. »Das alles sei so unpommersch wie möglich.« Wer pommersche Grenadiere wirklich kenne (so etwa meinte er), könne ihnen nie und nimmer solche Worte, die wohl auf den Lippen einzelner Offiziere geschwebt haben möchten, in den Mund legen. Er sprach wie jemand, der sich gründlich auf diese Dinge versteht; nichts desto weniger muß ich bemerken, daß ihm von einem gegenübersitzenden Kameraden, der in unmittelbarer Umgebung des General v. Steinmetz die Schlachten von Nachod und Skalitz mitgemacht hatte, auf's Lebhafteste widersprochen wurde. Dieser versicherte, daß er am Tage von Nachod wohl auf fünfzig

* v. Dewitz (so wird erzählt) fiel, während er einem österreichischen Offiziere, dem er Pardon gegeben, den Degen abforderte. Der Oesterreicher antwortete mit einem Pistolenschuß. v. Dewitz, zusammensinkend, stieß seinem Gegner den Degen durch die Brust.

Schritt Entfernung ein in Granatfeuer stehendes Bataillon so laut das »Vater unser« habe beten hören, daß ihm die einzelnen Bitten deutlich an's Ohr geschlagen seien. Hiermit mag diese Controverse ihre Erledigung finden.

Der Abend dämmerte schon leise herein, als wir Sobotka verließen und die prächtige Ruine von Schloß Troska zur Linken, auf der reich mit Bäumen bepflanzten Chaussee, an zum Theil niedergestampften Getreidefeldern vorbei, Gitschin zufuhren. Halbenwegs passirten wir Nieder-Lochow, das, so viel sich im Dämmer erkennen ließ, nur noch an seinem Eingange einige zerstörte Häuser aufwies. Dann folgten, zu beiden Seiten der Straße frisch aufgeworfene Gräber mit den bekannten Inschriften, bis wir, bei einbrechender Dunkelheit, über den Markt von Gitschin fuhren und vor einem hellerleuchteten mit hohen Fenstern großstädtisch daliegenden Gasthof hielten.

X GITSCHIN

Wir waren bei guter Zeit auf. Die Sonne schien durch die hohen Fenster, und die langen weißen Gardinen, ein Luxusartikel, dem wir seit mehreren Tagen nicht mehr begegnet waren, bauschten prächtig im Winde, als wir die Fenster öffneten, um die Frische des Morgens einzulassen. Wir eilten treppab in das große Gastzimmer. Erst jetzt sahen wir, daß wir wie in einem Schloß geschlafen hatten: hohe Zimmer, breite Treppen und lange Korridore. Wir nahmen Platz an einem Quertisch, der in der Nähe der Frontfenster hinlief und uns einen Blick auf den vorgelegenen Platz gestattete. Unser Freund, der Kellner (beiläufig der Typus eines fahrenden Guitarrenspielers), dessen Herz wir schon am Abend vorher gewonnen hatten, war schnell zur Hand und sein Diensteifer und seine gute Laune ließen uns auch heute wieder vergessen, daß wir diesem lang gekräuselten Haar und diesen selben wasserblauen Augen schon irgendwo einmal (und zwar nicht an den besten Orten) begegnet zu sein glaubten. An den anderen Tischen saßen Doktoren vom schweren Feldlazareth und nahmen ihr Frühstück ein; – das Gespräch drehte sich um die Opfer des Krieges und um die schwereren, die die Seuche täglich forderte. Wir sollten bald durch den Augenschein daran erinnert werden.

Zweck unseres Gitschiner Aufenthalts war, von hier aus zunächst das Städtchen Lomnitz (in dem sich noch

Verwundete vom Leibregiment befanden), dann aber die Hauptpunkte des Gitschiner Schlachtfeldes zu besuchen. Während der Wagen herbeigeschafft wurde, machten wir einen kurzen Gang durch die Stadt, um wenigstens den altstädtischen Ring und die Kirche kennen zu lernen. Wir traten zunächst in die im Jesuiterstyle erbaute Pfarrkirche ein, auf deren Gängen und Bänken, in der Nacht vom 29. zum 30. Juni, die Verwundeten von Freund und Feind zu vielen Hunderten gekauert oder auf wenig Stroh gelegen hatten; jetzt saßen wieder Gitschiner Frauen in den Kirchstühlen und blickten andachtsvoll auf den Altar, der, durch die nächsten Seitenfenster erleuchtet, in hellem Glanze stand. Wenige Schritte führten uns von der Kirche auf den großen Markt, dessen freundlich-sonniger Anblick uns getrübt wurde, als, von der andern Seite des Platzes her, plötzlich in langer Reihe drei Särge erschienen, die mit allem Pomp der katholischen Kirche, mit voraufgetragenem Kreuz und unter dem Schwingen der Weihrauchfässer zu Grabe getragen wurden.

Wir waren froh, uns diesem Anblick entziehen zu können, und Platz nehmend auf den Sitzbänken unseres eben erschienenen Wagens, fuhren wir in nördlicher Richtung zur Stadt hinaus, um, in rascher Fahrt durch eine reizende Landschaft, das etwa zwei Meilen entfernte Lomnitz zu erreichen. Unser Weg führte uns zunächst an der Karthause von Gitschin vorbei, von der es im »Wallenstein« heißt:

In der Karthause, die er selbst gestiftet,
Zu Gitschin * ruht die Gräfin Wallenstein;

* Schiller skandirt hier Gitschin (mit dem Ton auf Git), und das ist richtig. Die zweisylbigen böhmischen Städtenamen auf »in« haben meist den Accent auf der ersten Sylbe. Bei dieser

An i h r e r Seite, die sein erstes Glück
Gegründet, wünscht er dankbar einst zu schlummern.
O lassen Sie ihn dort begraben sein.

In die Karthause einzutreten, würde uns unter andern Umständen als unerläßlich erschienen sein; aber der »große Friedländer«, der allerdings während einer Reihe von Jahren seine Ruhestätte hier fand, ruht nicht länger mehr an dieser Stelle. Die Karthause hat aufgehört, eine Karthause zu sein (sie dient als Landarmenhaus, wenn ich nicht irre) und die Herzogliche Gruft, wenn eine solche überhaupt noch existirt, ist leer geworden. Es heißt, daß noch während der Schwedenzeit, also muthmaßlich während der letzten Jahres des Dreißigjährigen Krieges (andere geben eine andere Zeit an) Kopf und Hand des Friedländers von den Schweden geraubt worden seien, was denn die Familie veranlaßt habe, die Ueberreste des Todten nach einer anderen Wallensteinschen Besitzung in Sicherheit zu bringen. Nach w e l c h e r Besitzung, habe ich trotz der verschiedensten Nachfragen nicht in Erfahrung bringen können. Von einigen wurde mir Münchengrätz, von anderen das

Gelegenheit sei auch darauf hingewiesen, daß es Sàdowa, Cùdowa, dagegen aber Benàtek heißt. Unser sprachlicher Instinkt hat sich inzwischen anders entschieden; wir sagen Bènatek und vor allem wir sagen Sadòwa. Es ist auch nicht nöthig, dagegen zu eifern. Unserem Ohre klingt Sadòwa nicht nur ungleich schöner, wir haben auch den Trost, daß in Böhmen selbst die czechischen Namen vielfach eine doppelte Aussprache erfahren, eine national-böhmische und eine davon abweichende deutsche. Uebrigens verfährt jedes fremde Volk darin nach seinem Bedürfniß. Die Engländer sagen Bèrlin, statt Berlìn, und wir sagen Dublìn, Bornhòlm, Stockhòlm, statt Dùblin, Bòrnholm, Stòckholm.

im Egerschen gelegene Schloß Görkau, von noch anderen Schloß Rothenhaus genannt.*

Anderthalb Stunden später waren wir in Lomnitz. Wir richteten unsere Schritte sofort nach dem an einer Ecke des Ringes gelegenen Lazareth. Wer beschreibt die Freude der braven Grenadiere vom Leib-Regiment, als sie ihren Offizier eintreten sahen, unter dem sie, an dem Wasserlaufe der Czidlina hin, am Tage von Gitschin so tapfer gefochten hatten. Von den vielen Verwundeten dieses Regiments, die hier gelegen hatten, waren nur noch fünf zugegen; vier derselben hatten wir in den verschiedenen Zimmern des Lazareths bereits begrüßt. Wir suchten nun nach dem fünften. Bei diesem Suchen führte uns ein glücklicher Zufall in eins der ersten Zimmer zurück. Ein glücklicher Zufall, wenn nicht mehr. Schon während unserer ersten Anwesenheit in diesem mit acht Betten belegten Raume war es mir aufgefallen, daß sich, all die Zeit über, aus einer Ecke des Zimmers zwei Augen mit einem unendlich schmerzlichen Ausdruck auf uns gerichtet hatten. Jetzt (der herzutretende Arzt übernahm die Vermittelung) sollte uns klar werden, was dieser schmerzliche Blick bedeutet hatte. Der bei-

* Ich erfahre nachträglich, daß der Sarg Wallensteins allerdings, von der Gitschiner Karthause aus, zunächst nach der Münchengrätzer Kirche geschafft worden sei, dort auch, bis in neuere Zeit hinein, gestanden habe. Die Münchengrätzer Kirche, so sagte man mir, zeige bis diesen Tag noch die Wallensteinsche Gruft und an einem vorspringenden Pfeiler die entsprechende lateinische Inschrift. Erst seit verhältnismäßig kurzer Zeit, sei der Sarg – der, wie es scheint, nicht Ruhe finden kann – nach einer anderen Waldsteinschen Besitzung gebracht worden. – So weit mein Gewährsmann. Ich selbst war eine Stunde lang auf dem Münchengrätzer Thurm und flüchtig auch in der Kirche, ohne daß der Küster mich auf die Gruft aufmerksam gemacht hätte.

nahe regungslos Daliegende, mit wachsfarbenem Gesicht und jenem verschleierten Augenausdruck, der wenig Hoffnung auf Genesung giebt, war auch ein Preuße, ein Brandenburger (vom 48sten), ein unmittelbarer Landsmann jener Grenadiere vom Leib-Regiment, und doch hatte er auf dem Punkt gestanden, nur weil er einem anderen Regiments-Verbande angehörte, uns ohne Gruß und ohne Trost, wie an einem Fremden, an sich vorbeigehen zu sehen. Welche bitteren Empfindungen mußten durch das Herz dieses Mannes gegangen sein, als er verlassen und vergessen dalag, während seine Landsleute eine Scene des Wiedersehens feierten. Nun aber wurde der bittere Kelch von ihm genommen und im Eifer, eine unverschuldete Kränkung auszugleichen, machten wir ihn zum Helden dieser Stunde. Freilich, nur das dankbare Lächeln eines Sterbenden war unser Lohn.

Ueber das Schlachtfeld von Gitschin, das wir auf unserer Fahrt nach Lomnitz zur Linken gehabt hatten, ging nun unser Weg zurück. Wir besuchten die einzelnen Dörfer, Czidlina, Brzka, Diletz, Brada, in denen die zwölf Bataillone der 5. Division einer doppelten Uebermacht gegenüber gestanden und erschöpft von Kampf und Junihitze, viele Stunden lang einen schweren Stand gehabt hatten. Von Zerstörung wenig zu bemerken. Lachend lag alles im Sonnenschein da, kaum daß hier und dort ein Streifen niedergetretenen Kornes oder die schwarzen Feuerstellen eines Lagers, auf die große Kriegswoche hindeuteten, die, wie eine mächtige, aber rasch verrinnende Welle auch über dies schöne Stück Land hinweggegangen war.

Nur wenige Worte über das Terrain von Gitschin und zwar ganz im Allgemeinen. Gitschin liegt am Ausgang eines Doppelpasses, weshalb hier auch am 29. Juni eine doppelte Schlacht geschlagen wurde. Die eine ließe sich das Gefecht von Nieder-Lochow, die andere das Gefecht von Brada nennen; auch kommen beide unter diesem Namen vor. Jene wurde von der dritten Division (Pommern), diese von der fünften Division (Brandenburger) gewonnen. Zu einem eigentlichen Zusammenwirken beider kam es nicht; beide Gefechte wurden selbstständig geführt und die eine wie die andere Division erfuhr erst am Abend des Tages, daß »hinter dem Berge« auch gefochten worden war. Nichtsdestoweniger kann kein Zweifel sein, daß man sich, wenn auch ohne Wissen davon, gegenseitig unterstützte. Jede der beiden Divisionen würde einen schwereren Stand gehabt haben, ja in ihren Anstrengungen vielleicht gescheitert sein, wenn nicht die Nebendivision, in dem einen Fall wie in dem andern, die Kraft des Feindes zerplittert hätte. Wie während des ganzen Krieges, waren es auch an dieser Stelle die Sachsen, die sich auf feindlicher Seite mit besonderer Bravour schlugen.

Um die Vorgänge dieses Tages und insonderheit die Getrenntheit und Selbstständigkeit zweier dicht neben einander stattfindenden Kämpfe zu begreifen, ist es nöthig, von dem Terrain von Gitschin (das wir bereits einen Doppelpaß nannten) ein einigermaßen klares Bild zu haben. Gitschin selbst liegt im Thale, aber, fast unmittelbar vor den Thoren desselben, erhebt sich ein Felsrücken, der in schräger Linie nach Nordwesten hin verläuft. Zu beiden Seiten dieses Felsenrückens läuft eine Landstraße, von denen die westliche die Sobotka-Münchengrätzer, die östliche die Turnauer Straße ist. In verhältnismäßiger Nähe von Gitschin, ziemlich an derselben Stelle, wo der die beiden Wege trennende Felsrücken nach Süden hin steil abfällt, erheben sich in der Flanke beider Straßen einzelne Hügel, so daß ein avancirender Feind, auf welcher Straße auch er gegen Gitschin vorrücken mag, in unmittelbarer Nähe dieser Stadt jedesmal durch ein Defilé hindurch muß, das auf der einen Seite von dem Felsrücken, auf der anderen Seite von jenen Hügelpartieen gebildet wird. So auch am 29. Juni. Rechts wie links hatten unsere Divisionen ein offenes, weit gespanntes, aber durch Artillerie beherrschtes Thor zu passiren und nicht eher war an Sieg zu denken, als bis diese dominirenden Höhen mit Sturm genommen waren. Diese Aufgabe des Felsenstürmens fiel allerdings mehr der brandenburgischen als der pommerschen Division zu, weshalb die Verluste jener mehr als doppelt so stark waren. Es war ein heißer Tag, nur unter Anspannung aller Kräfte gewonnen; selbst das letzte Reserve-Bataillon wurde herangezogen und ins Feuer geführt. Die Erzählung, daß der die Höhe von Brada erstürmende Truppentheil schließlich die Stiefel ausgezogen habe, um die Felsenwand bequemer erklettern zu können, gehört in die Reihe jener Sagen und Märchen, die unmittelbar nach jedem Gefecht beim Bivouakfeuer geboren zu werden pflegen. Der Ruhm dieser Barfuß-Attakke wurde einem Bataillon der 24er zugeschrieben, woraus sich am Besten die Zuverlässigkeit der Anekdote ergiebt. Die 24er (einer anderen Division angehörig) machten die Affaire von Gitschin gar nicht mit und es war vielmehr das 18. Regiment – schon von Düppel her durch seine Angriffs-Energie berühmt – das (mit oder ohne Stiefel) die Felsenhöhe von Brada nahm und dadurch den Tag entschied.

Um drei Uhr waren wir wieder in Gitschin, erfrischten uns an der Kühle unseres Zimmers und stiegen dann treppab in den Speisesalon. Mit der Bemerkung: »daß Gitschin zeigen möge, was es könne«, hatten wir uns von der in Küchendämpfen pythisch dastehenden Wirthin getrennt, nun war der Moment da, wo sichs zeigen sollte, ob sie ihrer Zusage und unserer Hoffnung gleichmäßig Wort gehalten habe. Die Vorbereitungen ließen sich gut an: das Tischzeug war sauber, der Kellner (unser schwarzlockiger Freund) glatt gebürstet und von strafferer Haltung, die Fenster offen und der Nachmittags-Sonnenschein draußen auf dem Platz. Mitunter lief ein Schatten über den sonnigen Platz hin und schwand wieder, wie wenn Pappeln im Winde schwanken; dann und wann klang hoch aus der Luft jener eigenthümliche Ton (halb Gekreisch, halb Gezwitscher), mit dem sich Schwalben im Vorüberfliegen begrüßen; dann wieder Alles still. Die Suppe rief uns endlich zu realeren Genüssen. Sie war vortrefflich. In kurzen Pausen folgten ein Salat, ein Fisch; der Oberungar lag voll auf der Zunge; – da fuhr wieder der lange Schatten über den Platz. Diesmal schwand er nicht, er schwankte hin und her, aber er blieb, und ehe wir noch Zeit hatten, nachzusinnen, zogen wieder, wie am Vormittag, mit Chorknaben und Weihrauchfaß und mit voraufgetragenem Kreuz, zwei Särge dicht an unserem Fenster vorüber. Eine Pause entstand. Als der Zug vorüber war, winkten wir den Kellner heran. »Wieviel Gänge sind noch?« Drei. »Lassen Sie wenigstens zwei ausfallen.« Stumm verzehrten wir unsere Mehlspeise; erst beim Cognac-Kaffee sahen wir uns wieder scharf an.

Eine halbe Stunde später waren wir auf dem Wege nach Horsitz.

XI SADOWA-CHLUM

[Unser] Besuch galt dem »großen Schlachtfelde«. Wir [fuhren von Hor]sitz aus und waren etwa um die Mittagstunde [auf der Höhe v]on Dub. Das große Schlachtfeld, das größte [jüngerer Zeit] lag vor uns. [Ein eigentümlic]hes Gefühl von [Vorstellunge]n, Erwartung [überkam uns, al]s wir die Felder durchfuhren, auf denen sich, vor [nun sieben Wochen], die Geschicke [unseres Landes] hoffentlich auf [Dauer entsc]hieden haben.

[Das S]chlachtfeld ist oft be[schrieben w]orden, zumeist von [der Höhe] von Dub aus, die [das große] Terrain, auf dem [während] des Vormittags von [unser]er Ersten Armee ge[kämpft w]urde, in aller Voll[ständi]gkeit giebt. Man hat den [Bistri]tzbach, die steinerne Brücke u[n]d das kleine Dorf Sadowa unmittelbar zu Füßen, während nach li[n]ks und rechts hin, – theils [a]n der Bistritz selbst, theils v[o]r – theils zurückgelegen die vielg[e]nannten Dörfer Horonowes [u]nd Benatek, Dohalitz und Do[h]alitzka sichtbar werden. Unmitte[l]bar hinter Sadowa, leis ansteigend, beginnt das ›Sadowagehölz‹; links zur Seite, (in gleicher Höhe mit dem Sadowagehölz) liegt das Gehölz von Cistowes; da aber, wo die Chaussee den Höhenrand des gegenüberliegenden Hügels erreicht, zieht sich Dorf L i p a und links neben demselben Dorf C h l u m hin. Nur der Kirchthurm ist sichtbar.

Das halbe Schlachtfeld giebt einem die Höhe von Dub;

wer aber über das g a n z e Feld (das sich etwa über eine Quadrat[me]ile ausdehnt) einen einiger[maßen] vollständigen Überblick [erhalt]en will, der hat, zur [Ergän]zung dessen, was er von [hier] aus sah, mindestens noch die Höhe von Chlum, am besten den Kirchthurm des gleichnamigen Dorfes zu besteigen. Das Terrain, auf dem die Elb-Armee unter Herwarth von Bittenfeld kämpfte, entzieht sich freilich auch von hier aus noch mehr oder weniger dem Blick des Beschauers, die feindliche Stellung selbst aber, vor allem ihr Mittelpunkt, dazu die Mehrzahl der Dörfer, um welche die z w e i t e Hälfte des Kampfes tobte, endlich die verschiedenen Rückzugslinien des Feindes bis nach Königgrätz und den Elbübergängen hin, werden von hier aus am besten eingesehen werden können.

Die Höhe von Chlum giebt den besten Ueberblick, sie giebt aber auch bis zu einem gewissen Grade die Erklärung für den Gang der Schlacht an dieser Stelle, das heißt für das Ueberraschtwerden des feindlichen Oberfeldherrn in seiner rechten Flanke.

Die Stelle nämlich (auf der Chlumer Höhe) wo Benedek hielt, gestattet nach allen Seiten eine vorzügliche Aussicht, n u r nicht nach rechts. Nach rechts hin sieht man den Thurm von Chlum, der aus einer dichten Obstbaum-Anpflanzung mit seinen weißgelben Wänden und seiner kurzen Thurmspitze aufragt, alles aber, was hinter dem grünen Schirm dieses Obstwäldchens, oder wohl gar am Fuß oder Abhang des hier (wenn wir den Ausdruck gebrauchen dürfen) nach der kronprinzlichen Seite hin steil abfallenden Hügels gelegen ist, entzieht sich dem Auge. Sogar das am Höhenrand gelegene Dorf Chlum selbst, ist nicht sichtbar. Auf dieser hinter einer Waldcoulisse sich bergenden Linie rückten nun aber die Preußen gerade heran und außer durch die Beschaffenheit des Terrains auch noch durch Nebel, Regen und Pulverdampf einem etwa beobachtenden Blick entzogen, glückte es ihnen (ohne daß der vierhundert Schritt davon haltende feindliche Oberfeldherr auch nur eine Ahnung davon gehabt hätte) sich in Dorf Chlum und den nächst gelegenen Punkten festzusetzen. Nichts wird den Feldzeugmeister, was auch im Uebrigen seine Verdienste sein mögen, von dem Vorwurf reinigen können, einen so wichtigen Punkt, und zwar in seiner nächsten Nähe, unbesetzt oder s o g u t wie unbesetzt gelassen, und dadurch dem Feinde einen Vorstoß in den Mittelpunkt seiner Stellung ermöglicht zu haben. Chlum, bei der Wichtigkeit speziell dieses Punktes, mußte über Vertheidigungskräfte verfügen, stark genug, jedem Angriff von der rechten Flanke her wenigstens auf Stunden hin zu begegnen. Was aber unter allen Umständen hier nicht möglich sein durfte, das war eine Ueberraschung. Daß sie schließlich dennoch eintrat, kann durch das Terrain erklärt werden, aber nicht entschuldigt.

Von dem Augenblick an, wo diese Ueberraschung gemeldet wurde, trat die Schlacht in ihre z w e i t e Hälfte ein, Benedek wechselte seine Front; der Kampf, der so lange im Bistrizthal zwischen den gegenüber gelegenen Höhen von Dub und Lipa getobt hatte, wandte sich jetzt der Flanke zu und nahm seine Richtung gegen Osten. Man könnte sagen, aus der Schlacht von *Sadowa* wurde in diesem Augenblick eine Schlacht bei C h l u m. Alle feindlichen Reserven, die, zwei Armeecorps stark, *à cheval* der Chaussee standen, wurden nach und nach heran gezogen; alles handelte sich um Wiedergewinnung jener Flankenposition, die auf einen Schlag zum Schlüssel der Stellung geworden war. Die besten Brigaden der beiden Reserve-Corps rückten vor; alles vergeblich. Unter ungeheuren Verlusten (hier fielen General Hiller von Gärtringen, Oberstlieutenant von Helldorf, Prinz Anton von Hohenzollern) wurde die Chlum-Stellung unsrerseits behauptet und dadurch die Schlacht, die allerdings von dem Moment an, wo der Kronprinz erschien,

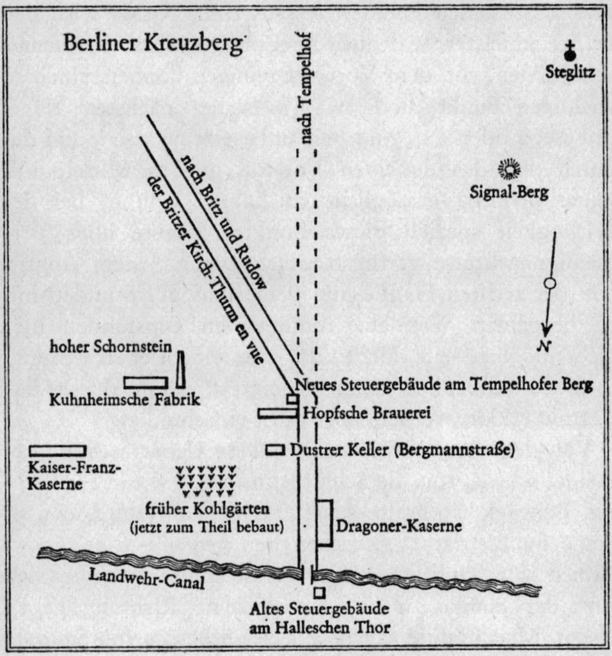

eine für Oestreich so gut wie verlorne war, in eine völlige Niederlage des Feindes verkehrt. Glückte es Benedek, sich an dieser die Königgrätzerstraße beherrschenden Stelle noch einmal festzusetzen, so hatte er die Rückzugslinie in seiner Hand und konnte dem Rückzuge selbst seine Gestalt geben. So viel über den großen Gang der Schlacht im Allgemeinen.

Bevor ich nun den Leser an den Hauptpunkten des Schlachtfeldes vorüber führe, versuche ich noch zuvor durch Vergleich mit einer bekannten Lokalität, seinem Vorstellungsvermögen zu Hülfe zu kommen. Ich wähle

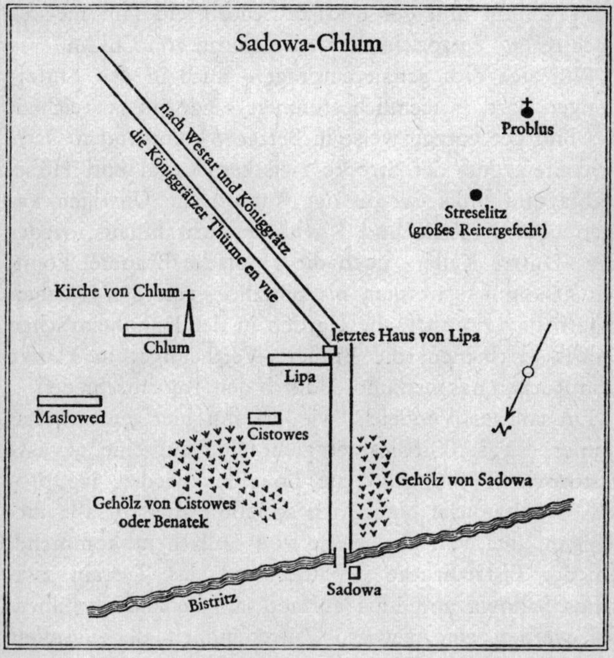

dazu unser Kreuzberg-Terrain, daß in der That sehr viel Aehnlichkeit mit der nach Dub zu gelegenen Hälfte des Schlachtfeldes bietet.

Der Kanal entspricht der Bistritz; die zunächst diesseits der Brücke gelegenen Häuser sind Sadowa; wo die Dragoner-Kaserne beginnt, beginnt das Gehölz von Sadowa; zwischen den alten Kirchhöfen am Thor und dem neuen Kirchhof am Fuße des Kreuzbergs, liegt das Gehölz von Cistowes. Der »Dustre Keller« ist Cistowes selbst und die Hopfsche Brauerei auf der Höhe des Kreuzbergs ist Lipa. Da, wo nach links hin die Kuhnheimsche Fabrik mit ihren Essen und Rauchfängen aufragt, liegt Dorf Chlum und der höchste Schornstein (am meisten nach rechts) entspricht dem Kirchthurm von Chlum.

Wer sich dies genau einprägt – auch in den Entfernungen wird es ziemlich stimmen – hat ein ausreichendes Bild der vorzugsweise in Betracht kommenden Oertlichkeiten. Auf der Strecke zwischen Kanal und Höhe, rechts und links, wogte der Kampf; die Unsrigen kamen über Kaserne und Kirchhöfe nicht hinaus; weder der »Dustre Keller« noch die Hopfsche Brauerei konnten genommen werden, bis plötzlich, von den Vertheidigern unvermuthet, die Garden in der Kuhnheim'schen Fabrik erschienen, die Brauerei-Vertheidiger in Flanke und Rücken nahmen und dadurch den Tag entschieden.

Ein solcher Vergleich, wie ich ihn hier gewagt, hat immer etwas Skurriles, er zieht eine auf eine gewisse historische Höhe gehobene Lokalität wieder, ins prosaisch Alltägliche hinab; ich appellire aber an alle diejenigen, die, von der Höhe von Dub herabkommend, an der Bistrizbrücke gehalten und das Terrain zwischen Sadowa und Lipa aufmerksam beobachtet haben. Sie werden eine gewisse Zutreffendheit der Parallele nicht in Abrede stellen können *.

* Ich habe, nachdem ich das Vorstehende niedergeschrieben, eigens noch mal den Kreuzberg besucht und die Berechtigung zu der von mir gezogenen Parallele bestätigt gefunden. Das Terrain, hier wie dort, wird ziemlich unter demselben Winkel ansteigen, die Entfernung ist annähernd dieselbe, (hier $^1/_4$ Meile, dort $^1/_3$ Meile), die Chaussee, an beiden Stellen, trifft etwa die Mitte eines Hügelrückens von mäßiger Höhe und,

Wir traten nun unseren Weg über das Schlachtfeld an, dabei uns auf die wichtigsten, schon Eingangs erwähnten Punkte beschränkend. Zuerst Sadowa.

Sadowa, außer seiner Mühle, einem Meierhof und einer Zuckerfabrik, besteht nur aus wenigen Häusern; eins dieser Häuser ist das Wirthshaus. Zur Linken, in Stein gemeißelt und übermalt, erhebt sich eine Nepomuk-Statue, das Krucifix im Arm, das Haupt mit einem Sternenkreuz umgeben, und blickt mit jenem stereotypen Schmerzensausdruck, den alle diese Bildwerke tragen, nach den Apfelbäumen hinüber, die in der Front des Wirthshauses stehen, und nach sechs oder sieben Gräbern, die sich unter diesen Bäumen hinziehen. In einem ruht der Oberst-Lieutenant v. Pannewitz, derselbe, der das 2. Bataillon vom Regiment Elisabeth auf

auf dem Hügelrücken angelangt, überblickt man hier wie dort ein zu einem großen Kavallerie-Gefecht vorzüglich geeignetes Plateau. Die vorstehende kleine Zeichnung (wo bei uns der »Signalberg« liegt, liegt dort Streselitz) führt dies weiter aus. Selbstverständlich muß man einem Vergleich, wie ich ihn aufgestellt habe, auch etwas von gutem Willen entgegentragen. Die Natur bildet eben nicht zweimal genau dieselbe Lokalität. Der Chlumhügel, überhaupt höher, fällt beispielsweise nach rechts – von preußischer Seite aus gerechnet nach links hin – steiler ab als die entsprechende Stelle des Kreuzbergs (da wo die Kuhnheimsche Fabrik gelegen ist); außerdem bildet die Chaussee zwischen Sadowa und Königgrätz, da, wo sie Lipa erreicht, kein Knie (wie auf der nebenstehenden Karte) sondern läuft in einer einfachen Schräglinie zwischen den beiden genannten Punkten hin. Ich habe aber geglaubt, auf solche Differenzen nicht zu viel Gewicht legen zu dürfen, auf den letztern Punkt um so weniger, als man, auf der Höhe von Chlum stehend, wenigstens das Gefühl hat, daß einem das kurze Stück Chaussee zwschen Sadowa und Lipa gradlinig (vertikal im Rücken liegt, während der Weg nach Königgrätz (nach vorn) hin sich schräglinig fortsetzt, ganz so wie die Karte zeigt.

die Höhe von Chlum führend, im Moment des Sieges, zugleich mit seinem Adjutanten, Lieutenant v. Wurmb, durch e i n e n Granatschuß tödtlich getroffen wurde.

Unmittelbar hinter dem Gasthause passirt man eine e r s t e Brücke, die über den Mühlgraben, dann (an der Mühle vorbei) eine zweite Brücke, die über die Bistritz führt. An der rechten Seite (zurückgelegen) werden einige Häusergruppen sichtbar, die bereits zu dem nachbarlichen Unter-Dohalitz gehören; dann plötzlich schließt ein dichtes, hart an der Chaussee sich entlangziehendes Wäldchen diesen Blick nach rechts hin ab; – dies Wäldchen ist das berühmte Gehölz von Sadowa.

Was wir zuerst hier sahen, waren hunderte von jungen Birkenstämmen, die, in der Mitte weggebrochen, den Eindruck einer furchtbaren Zerstörung machten. Dieser Eindruck beruhte aber auf einem Irrthum. Es war dies n i c h t die Wirkung des Granatfeuers von Chlum und Lipa her; schon am Tage vor der Schlacht hatten österreichische Pioniere mit Beil und Faschinenmesser hier aufgeräumt, theils um ein freicres Schußfeld zu schaffen, theils um mit Hülfe der Baumkronen, die nun zwischen den Stämmen verfestigt wurden, eine Art undurchdringliche Hecke herzustellen. Wo weiterhin diese gekappten Bäume fehlten, sahen wir nur hier und da einen zersplitterten Stamm.

Das Gehölz von Sadowa liegt r e c h t s am Wege; l i n k s durch einen breiten Ackerstreifen von der mehr und mehr ansteigenden Chaussée getrennt, liegt das »Gehölz von Cistowes«. Ich glaube nicht, daß es auf Spezialkarten diese Bezeichnung führt, aber ich gebe ihm diesen Namen nach dem an seiner Südwest-Ecke gelegenen Dörfchen. Das Gehölz von Cistowes (von unregelmäßiger Form und meist aus Nadelholz bestehend) ist größer als das Sadowa-Gehölz, dessen Schicksale es am 3. Juli theilte, ohne es zu einem gleich berühmten Namen zu bringen. Was für die 8. Division (Horn) das Gehölz von Sadowa war, war für die 7. Division (Fransecky) das Gehölz von Cistowes. In diesem Cistowes-Gehölz hielt Oberst v. Zychlinski (vom 27. Regiment) mit zwei Bataillonen der 14. Brigade. Sie bildeten einen Knäuel, einen festen Kern. Aber die einschlagenden Granaten – so erzählt der Oberst selbst – sprengten diesen Kern auseinander, der Lisière des Waldes zu, bis die Infanterie-Salven vom Zirkel-Rande des Gehölzes her, den eben auseinandergesprengten Knäuel, wieder, nach innen zu, zu einer dichten Masse zusammenschossen. Das alles geschah in dem Gehölz von Cistowes. Man spricht aber von diesem letzteren fast gar nicht; das »Gehölz von Sadowa« (zum Theil schon um seines prächtigeren Klanges willen) ist der gemeinschaftliche Name für beide geworden.

Von Dorf-Cistowes – drin wir wenig Zerstörung fanden, da das Feuer der großen Chlum-Batterie drüber hinweggegangen war, bogen wir wieder nach rechts hin auf die Chaussee ein und hielten nun vor Dorf Lipa. Hier freilich sah es anders aus; ganze Reihen von Häusern ragten nur noch mit ihren Feueressen auf; alles andere Schutt und Trümmer. Aber auch hier war sehr wohl wahrnehmbar, daß diese Verheerungen nicht direkt durch die einschlagenden Geschosse, sondern erst durch die Feuersbrünste herbeigeführt worden waren, die im Geleit dieser Geschosse kamen. Die niederfallenden Eisenmassen hatten nicht durch ihre Wucht, sondern durch ihre Zünder gewirkt. Am ersten Hause von Lipa (es schien ein Wirthshaus zu sein) hielten wir. Erwachsene und Kinder kamen uns sofort mit »Erinnerungsstücken« entgegen; ein ganzer Bazar wurde ausgebreitet: Federbüsche, Käppi's, Doppeladler, Schärpen mit und ohne Blut, Spitzkugeln, Granatsplitter und unkrepirte Granaten, die letztern »unter Garantie«. Wir kauften ein, lugten hier und dort in den malerisch verschlungenen Dorfgassen umher und fuhren dann weiter hinauf, bis wir auf der Höhe des Hügels hielten. Wir befanden uns nunmehr auf der vielgenannten Höhe von Lipa-Chlum.

Welch prächtiges Panorama! Vor uns jetzt, nach links hin, der glitzernde Streifen der Elbe und unmittelbar dahinter die hohen Thürme von Königgrätz; nach rechts hin das Plateau von Streselitz (das Actionsfeld des großen Reitergefechts) und dahinter Problus sammt den andern Kampfesstätten der Elb-Armee. Alles am Horizonte verschwindend. Ein prächtiges Bild, das, in Stille und Sonnenschein daliegend, einen Augenblick vergessen lassen konnte, welches Feld dies war; aber der leise Ostwind, der, vom Dorf Chlum her, jetzt über das frischgepflügte Ackerfeld zu uns herwehte, mahnte uns zu deutlich daran, wo wir waren, – der Hauch der Verwesung war in der Luft. Auch jetzt noch, nach sieben Wochen.

Wir stiegen aus und schritten nun über den Höhenrücken hin, dem Dorfe (Chlum) zu, dessen deutlich sichtbarer Kirchthurm uns anzeigte, wo das Dorf selbst – das sich versteckt, wie wir wissen – zu suchen sei. Dieser Weg über die »Höhe von Chlum« war zugleich der Weg über das Stück Land hin, auf dem der Tag von Königgrätz sich entschieden hatte. Hier hatte Benedek gehalten. Hier war der Schlüssel seiner Stellung. Zwei der Redouten, die von diesem Punkt aus den ganzen Abhang bis zur Bistritz hin bestrichen hatten, waren – und zwar in geringer Entfernung von einander – mit ihren Einschnitten und Bettungen noch vorhanden; zwischen ihnen lag die Begräbnißstätte vieler

Hunderte; nur wenige Stellen durch Stein und Kreuz bezeichnet. Wir lasen: General Hiller von Gärtringen, Oberst-Lieutenant v. Helldorf (die neben einander ruhn). Dann weiter hügelabwärts: Lieutenant v. Maltzahn. Chlum selbst, in das wir eintraten, bot ein ähnliches Bild der Zerstörung wie Lipa.

Am Rande eines Wäldchens entlang, daß zwischen diesen beiden Dörfern (Chlum und Lipa), in Front der Redouten, sich hinzieht, kehrten wir an den Ausgang des letztgenannten Dorfes zurück und fuhren nun in rascherem Tempo durch alle die Ortschaften, über die der Rückzug gegangen war, erst durch Westar, dann an Swieti und Rosnitz vorbei, auf Königgrätz und die Elbe zu. Ueberall Häuser, aus denen weiße Fahnen hingen, überall Verwundete, auf Zaunplanken und Thürschwellen, oder unter schattigem Gesträuch ins Gras gelagert. Was mehr als alles andere an die ungeheuren Dimensionen des Kampfes, der hier getobt hatte, erinnerte, waren die an den Chausseegräben hin angehäuften Massen von weggeworfenem und in Wind und Wetter zum Theil schon unkenntlich gewordenem Kriegsmaterial: Bajonnet- und Degenscheiden, Koppel und Bandeliere, Wehrgehenke und Patrontaschen, vor allem Käppis und Tornister. Wie große zugeschrägte Müllhaufen lag es da, sich ablösend mit den Steinhaufen am Wege.

Unmittelbar vor Königgrätz passirten wir Schloß Kuklena, jenen während des Kriegs viel genannten Besitz des Grafen Clam Gallas. Hier hatte der Graf (so wenigstens wird erzählt) ein Frühstück gegeben »zu Ehren des Sieges von Custozza«, während sein eignes Corps bei Gitschin geschlagen wurde. Das Kriegsgericht hat ihn freigesprochen.

Der Königgrätzer Bahnhof war von Oesterreichern (Regiment Constantin) besetzt. Man musterte sich gegenseitig, lächelte und begnügte sich mit kurzem Kopfnicken. Ein längerer Aufenthalt verbot sich an dieser Stelle; also Nachtquartier in Pardubitz.

Von Pardubitz ein ander Mal. Der nächste Morgen führte uns, nunmehr auf dem Rückweg, noch einmal an Königgrätz, dann, zwischen Josephstadt und Königinhof, an den Siegesfeldern der Kronprinzlichen Armee vorüber. Der hohe Eisenbahndamm gestattete einen vorzüglichen Einblick: dort der Wasserlauf der Aupa, dort Skalitz und Miskoles, dort Kukus und Gradlitz. Die Landschaft zwischen uns und dem Gebirge lag wie eine aufgeschlagene Karte vor uns. Ein Offizier, der jene Ruhmestage mitgefochten, hielt uns Vortrag vom Wagenfenster aus. Wir dankten ihm herzlich.

Das waren die letzten Eindrücke. An Turnau und Reichenberg vorbei, der Grenze zu, athmeten wir freier auf, als das Drängen und Treiben, das Lärmen und Summen des Görlitzer Bahnhofs wieder um uns her war. Ein chaotisches Gewirr, aber über dem Ganzen – die Luft der Heimath.

NACHWORT

An Emilie
Dieses Buch hab' ich geschrieben,
Seinen Inhalt hab' ich durchgelebt,
Aber was mir das Liebst geblieben:
Ich habe auch alles aufgeklebt.
(FontHan I, 6, S. 413)

Mit diesen Versen widmete Theodor Fontane ein aus Zeitungsausschnitten zusammengestelltes Exemplar der ›Reisebriefe vom Kriegsschauplatz‹ seiner Frau Emilie (1824–1902) zu ihrem zweiundvierzigsten Geburtstag am 14. November 1866 (FrickeEmFont S. 67 und S. 129).

Über eine Reise Fontanes zum böhmischen Kriegsschauplatz und die Entstehung der ›Reisebriefe‹ war bisher wenig bekannt. Die Literatur über Fontane kennt keine Einzelheiten der Reise. Es werden lediglich Jahr und Tagesdaten angegeben. So schreibt Hermann Fricke zu Fontanes Lebenschronik im Jahr 1866: »August 12. bis 31. Reise nach den böhmischen Schlachtfeldern: Dresden (16), Gallerie (17), Prag (18), Kolin, Münchengrätz (Wallenstein), Warmbrunn, Sobottka, Gitschin (Wallenstein), Horsitz, Josephstadt, Nachhold (Wallenstein), Königgrätz, Nikolsburg (28), Brünn (29), Reichenberg, Görlitz.« (FrickeFontChron S. 45.) Hans-Heinrich Reuter nennt in seiner Fontane-Biographie den 12. August

1866 als Reisebeginn, ohne näher darauf einzugehen (ReuterFont S. 394). Fricke und Reuter zitieren keinerlei Fundorte zu ihren Angaben.

In den Reisebriefen selbst, die sich als beste Quelle anbieten müßten, erwähnt Fontane zwei Daten zu seiner Reise nur indirekt. Er erzählt, daß er den »Namenstag des Kaisers« in Prag erlebt habe (S. 26 und Anmerkung zu S. 26): Kaiser Franz Joseph (1830–1916) hatte am 18. August Geburtstag; er berichtet ferner, daß er »sieben Wochen« nach der Schlacht bei Königgrätz (3. Juli 1866) – also um den 21. August – Sadowa-Chlum besucht habe (S. 84 und Anmerkung zu S. 84).

Die wenigen bekanntgewordenen Äußerungen Fontanes über seinen Aufenthalt in Böhmen erlauben ebenfalls keine genaue Datierung der Reise und der ›Reisebriefe‹. Am 9. August 1866 schreibt Fontane an Wilhelm Hertz: »Ob ich meine Reise nach Böhmen antrete, ist noch ungewiß.« (FontBriefeHertz Nr. 179.) Einen Monat später, am 10. September, teilt er Mathilde von Rohr mit, daß er in Böhmen gewesen sei: »Ich hatte gehofft, meine böhmischen Reise-Erlebnisse in einer Woche aufschreiben zu können; nun bin ich schon dritthalb Wochen dabei und bin erst halb fertig.« (FontBriefe Nr. 562.)

Auch eine dem Herausgeber freundlicherweise vom Theodor-Fontane-Archiv in Potsdam zugänglich gemachte, bisher unveröffentlichte Notiz aus Fontanes Tagebuch spricht nur über den Reiseplan: »Mitte August [1866] trete ich mit Freund Scherz eine Reise nach Böhmen an. Wir gehen über Dresden nach Prag. In Prag treffen wir Herrn v. Rohr vom Leibregiment. Dieser erhält Urlaub und schließt sich uns an. Wir reisen über Brandeis, Benatik, Jung-Bunzlau bis Münchengrätz, besuchen dann die Gefechtsfelder von Podoll, Podkost, Lochow, Gitschin, zuletzt über Horsitz das große Schlachtfeld von Königgrätz. In Pardubitz trennt sich Herr v. Rohr von uns und kehrt nach Prag zu seinem Regiment zurück. Wir reisen andern Tags in Gesellschaft von Herrn v. Wechmar (der Commandeur der Stabswache von General Steinmetz gewesen war) über Görlitz nach Berlin zurück.«

Im Widerspruch zu der Annahme, daß Fontane sich noch bis Ende August 1866 in Böhmen aufgehalten hat, stehen zwei, in der Ausgabe ›Briefe Zweite Sammlung‹ (1910) unter den Daten »Berlin, d. 24. August 1866« und »Berlin, d. 25. August 1866« verzeichnete Schreiben Fontanes an seinen Verleger Rudolf von Decker (FontBriefe2.Slg 1, S. 254/55). Diese Ausgabe gilt als unzuverlässig (Ch. Jolles in: FontBriefe 4, S. 163–165). So ist der in ihr enthaltene Brief an Karl Zöllner (FontBriefe 2.Slg 1, S. 253/54) nicht »Berlin, d. 19. August 1866« geschrieben worden, sondern bereits ein Jahr zuvor (jetzt FontBriefe Nr. 710). Wesentliche Tatsachen sprechen also dafür, daß Fontane in der zweiten Augusthälfte 1866 Böhmen bereist hat.

Fontane unternahm diese Fahrt mit zwei Gefährten, wie es seine Bemerkungen in den ›Reisebriefen‹ bestätigen (S. 12, Anmerkung zu S. 12, S. 57, Anmerkungen zu S. 57, S. 70 und Anmerkung zu S. 70). Ihre Namen, Hermann Scherz und Hans Babo Peter von Rohr, sind nur durch jene Tagebucheintragung belegt. Der Freund und Gönner Hermann Scherz (1818–1888) begleitete Fontane während der ganzen Zeit. Scherz war auf dem Neuruppin benachbarten Rittergut Kränzlin beheimatet, und Fontane kannte ihn seit frühester Jugend: »... es war mein Freund Hermann Scherz, alten Ruppiner Angedenkens, mit dem ich meine frühesten Kinderjahre und dann später meine Gymnasialzeit [in Berlin 1834–1836] verlebt hatte.« (FontNym 15 [Von Zwanzig bis Dreißig],

S. 128.) Scherz hat Fontane immer wieder auch materielle Freundschaftsdienste erwiesen und ihm in Kränzlin stets ein offenes Haus gewährt.

In Prag traf Fontane den jungen Leutnant Hans von Rohr (1841–1876), einen Vetter der Mathilde von Rohr (1810–1889), der im böhmischen Feldzug mit Auszeichnung gefochten hatte (FontKrieg1866 1, S. 227).

Zum Ende seiner Reise berichtet Fontane von einem Offizier, »der hielt uns Vortrag vom Wagenfenster aus« (S. 86 und Anmerkung zu S. 86). Noch einmal hörte die Reisegesellschaft von den Siegestaten der preußischen Armee. Die Erklärungen gab wohl der als letzter in der Tagebuchnotiz genannte Rudolf Freiherr von Wechmar (1823–1881); er diente als Major im Stab des Generals von Steinmetz (1796–1877) und hatte den Krieg an führender Stelle miterlebt.

Fontane hätte sich als weiteren Reisebegleiter noch den Freund und Dichter Bernhard von Lepel (1818 bis 1885) gewünscht, wie aus einem Brief an Mathilde von Rohr vom 10. August 1866 hervorgeht: »Sie haben möglicherweise durch unseren Freund Lepel schon erfahren, daß sich vielleicht, unter relativ günstigen Verhältnissen, seine Mit-Reise ermöglicht. Der Urlaub ist noch nicht da, doch fürchte ich fast, daß wenn er schließlich gewährt wird, Lepel es für gerathen hält, das mühsam Errungene abzulehnen. Ich hatte vorgestern Abend ein Gespräch mit ihm, das mich das beinah fürchten läßt. Ich wollte Sie nun, mein gnädigstes Fräulein, bitten, daß Sie ihn, in einem etwaigen Gespräch über diesen Gegenstand, nicht noch abgeneigter, oder schwieriger stimmen, als es ohnehin zu sein scheint. Alles was er mir vorgestern in dieser Angelegenheit sagte, läßt sich durchaus hören, dennoch hab ich ein Gefühl davon, daß er diese Urlaubs-Angelegenheit peinlicher nimmt, als nöthig wäre.« (FontBriefe Nr. 561.) Offensichtlich hielten ihn dienstliche Erwägungen von der Reise ab.

Die Anordnung der elf Kapitel der ›Reisebriefe vom Kriegsschauplatz‹ entspricht der von Fontane angegebenen Reiseroute. Die ersten sechs Kapitel widmet er überwiegend Land und Leuten, während in den übrigen fünf die kriegerischen Ereignisse im Vordergrund stehen.

Wie in den ›Wanderungen durch die Mark Brandenburg‹ schildert Fontane zunächst den geographischen Ort, dann folgen historische Reminiszenzen und persönliche Erlebnisse. Die Anregung erhält der Erzähler aus der unmittelbaren Gegenwart, wie sie sich ihm darbietet. Die Örtlichkeit beflügelt seine Phantasie und reizt seinen Forscherdrang. Die Beschreibung des Landes, seiner Bewohner und ihrer Lebensgewohnheiten sind von Liebe zum Detail und zum Anekdotischen getragen. Es gelingt ihm, ein unvoreingenommenes Bild der im Kampf unterlegenen Sachsen und Tschechen zu zeichnen, wozu er Vergleiche aus der märkischen Heimat und anderen von ihm bereisten Ländern heranzieht (S. 36–41). Die eigentlichen Verlierer des Krieges, die Österreicher, erwähnt er, ohne sie zu charakterisieren. Die Gerüchte über hinterhältige Anschläge der Bevölkerung gegen die preußischen Truppen betrachtet Fontane als »Geschichten«, die »Zeichen des Racenhasses« tragen, und versichert, daß er nichts dergleichen bestätigt gefunden habe (S. 42). Später übernimmt er einen Abschnitt aus den ›Reisebriefen‹ in das ›Kriegsbuch von 1866‹ und zitiert sich dort selbst als anonymen, aber objektiven Gewährsmann, um der Charakterisierung der Tschechen Authentizität zu verleihen (FontKrieg1866 1, S. 97–101; Anmerkung zu S. 36 und zu S. 42). Fontanes Haltung hebt sich deutlich von einer damals weit verbreiteten Überheblichkeit gegenüber nichtpreußischen Völkerschaften ab.

Daß Fontane mit seiner Einstellung auf Unverständnis stoßen konnte, zeigt ein Brief seines Sohnes George (1851–1887), der zwar erst am 2. Februar 1871 in St. Denis geschrieben wurde und sich auf Fontanes Buch ›Kriegsgefangen, Erlebtes 1870‹ (1871) bezieht, aber dennoch bezeichnend für die herrschende Meinung dieser Jahre des Nationalismus ist: »Ich muß Dir, lieber Vater, und auch im Namen aller unserer Herren [der Offiziere des Regiments] einen kleinen Vorwurf machen, weil Du die Franzosen in Deinen Schicksalen zu sehr herausstreichst.« (ReuterFont S. 450.)

Im zweiten Teil der ›Reisebriefe‹, in dem Fontane mehr militärgeschichtlich orientiert ist, wirken die vielen Kampfesschilderungen spröde und trocken. Das erzählerische Moment tritt, seit er Prag verlassen hatte und sich dem Hauptkriegsschauplatz näherte, in den Hintergrund. Von jetzt an steht der Bericht über die Kämpfe zwischen Preußen und Österreichern an erster Stelle.

Wann immer Fontane sich der Militärschriftstellerei widmete, gehörte die persönliche Kenntnis der Kriegsschauplätze zu den unerläßlichen Vorarbeiten für das Werk. Eben zu solchem Zweck weilte er jetzt in Böhmen (S. 31 und S. 34). Deshalb hatte er im Mai und September 1864 für die Darstellung des Krieges von 1864 Dänemark bereist und die ›Reisebriefe aus Jütland‹ geschrieben (FontHan 18, S. 219–248). Später hat er auch von den Schauplätzen des deutsch-französischen Krieges 1870/71 berichtet. In dem späteren General der Infanterie Franz von Zychlinski (1816–1900), dem Schwager seines Freundes Hermann Scherz, besaß Fontane einen kundigen Helfer, der wesentlich dazu beitrug, die Kriegsbücher auf eine solide Grundlage zu stellen (FrickeFontKrieg). Ende des Jahres 1865 hatte er den ›Schleswig-Holsteinischen Krieg 1864‹ fertiggestellt. Als der Krieg gegen Österreich eben beendet war, begann er über diesen Feldzug zu arbeiten.

Die Kriegsberichte nahmen in jenen Jahren Fontanes ganze Schaffenskraft in Anspruch. Dem Illustrator seiner Kriegsbücher, Ludwig Burger (1825–1884), gegenüber klagt er: »Herr von Decker hat schwerlich eine Ahnung davon, mit welcher Ausschließlichkeit ich seit 2½ Jahren nur ihm und seinem Unternehmen diene.« (KehlerFont Nr. 22 [22. September 1866].) Andere Arbeiten mußten zurückstehen. Die Vollendung seines ersten Romans ›Vor dem Sturm‹, an dem er seit 1862 arbeitete und über den er mit dem Verleger seiner ›Wanderungen durch die Mark Brandenburg‹, Wilhelm Hertz (1822–1901), bereits einen Vertrag geschlossen hatte, mußte immer wieder verschoben werden. Am 11. August 1866 schreibt Fontane an Hertz: »... Sie dürfen nicht glauben, daß mein Feuer für den Roman niedergebrannt ist. Im Gegenteil. Aber eben weil ich so sehr daran hänge, weil ich diese Arbeit als ein eigentliches Stück Leben von mir ansehe, so duldet diese Arbeit kein getheiltes Herz. An ein der Sache Fremdwerden ist gar nicht zu denken. Es ist nun 10 Jahre, daß ich mich mit dem Stoff trage und wenn ich nach abermals 10 Jahren (was Gott verhüten wolle) erst an die Fortsetzung der Arbeit herantreten könnte, so würde das weder meinen Eifer erlahmt, noch die Ausführung alterirt haben. Das Feuer flackert nie hoch auf, aber es brennt still weiter; Vertagungen, Unterbrechungen ändern nichts. Ich wünsche das Kriegsbuch zu schreiben, einmal weil ich das Schleswigholstein-Buch dadurch erst zu einem rechten Abschluß bringe, zweitens weil ich eine Lust und ein gewisses Talent für solche Arbeiten, drittens weil ich einen erheblichen pekuniären Vortheil davon habe, aber die Sache ist mir keine Herzenssache. Wird das Buch geschrieben – gut, wird es nicht geschrieben – auch gut; es geht der Welt dadurch von meinem Eigensten, von meiner Natur (wohl oder übel) nichts verloren; der Roman aber darf nicht ungeschrieben bleiben. Die Welt würde es freilich verschmerzen können, aber ich nicht. So liegt die Sache. Ich möchte das Kriegsbuch schreiben, weil der Roman, wenn Gott mich läßt, doch unter allen Umständen geschrieben würde.« (FontBriefeHertz Nr. 180.)

Trotz allem Engagement, das Fontane für seine Kriegsschriftstellerei zeigt, tritt seine dichterische Aussagekraft dort zurück, wo anonyme Grausamkeit ihm bewußt ist. Angesichts der Brutalität eines Feuergefechtes schreibt er, daß der Krieg längst zu einer »Wissenschaft des Tötens« geworden sei (FontKrieg1864, S. 348). Die Ohnmacht des Individuums gegenüber der Kriegsmaschinerie charakterisiert er durch den rührend hilflosen Brief eines einfachen österreichischen Soldaten: »Liebe Peppi! Ich werde Dich wohl nicht wiedersehen, denn der Preuße schlägt alles todt.« (FontKrieg1866 1, S. 448.)

Des Dichters eleganter Stil, seine feine, zurückhaltende Ausdrucksweise waren der Wirklichkeit des Massensterbens im Krieg nicht gewachsen. Jahre später hat Fontane die Schwächen seiner kriegsgeschichtlichen Arbeiten selbst gesehen. Als der von Deckersche Verlag eine Neuauflage der Kriegsbücher veranstalten wollte, lehnte Fontane ab: »Damals vor gerade 30 Jahren habe ich das Buch so gut gemacht, wie ich konnte, jetzt seh' ich nur seine Mängel und Fehler.« (FontLetAusl 2, Nr. 378 [17. September 1894].)

Als Druckvorlage der vorliegenden Edition diente eine Sammlung von Ausschnitten aus dem ›Berliner Fremden- und Anzeigeblatt‹, das die ›Reisebriefe vom Kriegsschauplatz‹ im September/Oktober 1866 in mehreren Folgen abgedruckt hatte. Die Ausschnitte sind auf Papier geklebt und in einen alten Pappband gebunden. Er umfaßt außer einem Blatt mit dem Titel zweiundfünfzig Seiten; sein Format beträgt 28 cm Höhe und 17,5 cm Breite. Ein handschriftliches Original Theodor Fontanes existiert nicht; auch eine Buchausgabe hat es nie gegeben.

Die ›Reisebriefe‹ entstanden, bevor Fontane den ›Deutschen Krieg von 1866‹ (1870/71) zu schreiben begann, und sind dort nicht enthalten. Die wenigen thematischen und textlichen Übereinstimmungen beider Werke werden in den Anmerkungen nachgewiesen. Ein in ähnlicher Weise zusammengestelltes Exemplar mit der Widmung an Emilie Fontane befand sich vor dem Zweiten Weltkrieg im Theodor-Fontane-Archiv der Brandenburgischen Provinzial-Verwaltung in Berlin, wie Hermann Fricke in einem ersten Bestandsverzeichnis des Archivs unter der Signatur ›03‹ mitteilt: »Reisebriefe vom Kriegsschauplatz. 1866. Ausschnitte aus Deckers ›Fremdenblatt‹ (Sept. 1866). Mit eigh. Widmung an Emilie Fontane. Halblederband. 48 Seiten. 8°.« (FrickeEmFont S. 129.)

Das vorliegende Exemplar enthält auf dem Titelblatt einen handschriftlichen Zusatz unbekannter Herkunft: »abgedruckt in ›Deckers Fremdenblatt‹ September 1866.« Aus der Zeitung sind lediglich die Kolumnen mit dem Fontanischen Text ausgeschnitten und aufgeklebt worden. Zu Beginn des Kapitels ›Podoll‹ blieben Titel der Aufsatzfolge, Autor und eine Verweisung auf einige Nummern der Zeitung erhalten: »Reisebriefe vom Kriegsschauplatz./ Von Th. F./ (Vgl. Nr. 299, 307,

310, 314, 318 und 319.)« Diese Nummern des ›Berliner Fremden- und Anzeigeblattes‹, die wohl auf die bereits erschienenen ersten sechs Kapitel der ›Reisebriefe‹ verweisen, konnten an Hand eines einzigen bekannten Exemplars der Zeitung vom 5. August 1866 (Nr. 224) in der Staatsbibliothek Preußischer Kulturbesitz datiert werden: Sie erschienen am 19. (299), 24. (307), 26. (310), 28. September (314), 1. (318) und 2. Oktober 1866 (319). Alle anderen Ausgaben des Jahrgangs 1866 der Zeitung gelten als verschollen (Abbildung S. 112).

Zwei Daten zu Tagesereignissen, von denen Fontane in den ›Reisebriefen‹ berichtet, bestätigen, daß sie September/Oktober erschienen sind: Auf Seite 26 (›Prag‹) nennt Fontane den »21. September«, und Seite 85 (›Sadowa-Chlum‹) berichtet er, daß Graf Clam-Gallas vom Kriegsgericht freigesprochen worden sei; der Freispruch erfolgte am 13. Oktober 1866 (Anmerkung zu S. 85). Die Veröffentlichung der ›Reisebriefe‹ muß spätestens am 14. November 1866, dem Tag ihrer Widmung an Emilie Fontane, abgeschlossen gewesen sein.

Das ›Berliner Fremden- und Anzeigeblatt‹ erschien seit dem 1. Januar 1862 im Verlag Ludwig Rudolf von Decker (1804–1877), der ›Königlichen Geheimen Ober-Hofbuchdruckerei‹; es besaß den Charakter eines Gesellschaftsanzeigers mit konservativer Grundhaltung. Das ›Deckersche Fremdenblatt‹, wie es kurz genannt wurde, kam zweimal täglich außer Sonntag abend und Montag morgen heraus und wurde vom ›Verein Berliner Gasthofbesitzer‹ den Fremden auf das Hotelzimmer gelegt. Das Blatt war aus der ›Preußischen Zeitung‹ hervorgegangen, die ihrerseits die ›Allgemeine Preußische (Stern) Zeitung‹ zum Vorläufer hatte.

Die Beziehungen Fontanes zu dieser Zeitung resultierten aus der verlegerischen Tätigkeit Deckers für Fontane. Sein ›Schleswig-Holsteinischer Krieg im Jahre 1864‹ war bei Decker erschienen, und ihm lag sehr daran, auch das Buch über den Krieg gegen Österreich im selben Verlag zu veröffentlichen. Besaßen doch die Publikationen des traditionsreichen Deckerschen Hauses fast offiziellen Charakter, wie Fontane selbst an Rudolf von Decker hervorhebt: »Dazu kommt, daß alles, was bei Decker erscheint, immer einen halboïfiziellen Charakter an sich trägt.« (FontBriefe2.Slg 1, S. 259/60 [10. März 1869].) Einen Teil des Manuskripts für das Kriegsbuch von 1864 hatte auch der preußische Kultusminister Heinrich von Mühler (1813–1874) gelesen und mit einer Empfehlung an von Decker versehen. »Sie [die Firma von Decker] muß erwarten (mehr als es in Wirklichkeit der Fall ist), daß ich Himmel und Hölle in Bewegung setzen werde, diesen 2. Theil [den Krieg von 1866] zu schreiben wie ich den 1. [den von 1864] geschrieben habe, und sie muß erwarten, daß Mühler, der mir wohl will und durch die Firma v. D. bis zu einem gewissen Grade beleidigt ist, auch diesen 2. Theil empfehlen wird, wie er den ersten empfohlen hat.« (FontBriefeHertz Nr. 179 [9. August 1866].)

Fontane erwähnt die Zeitung öfters. So lesen sie in ›Irrungen, Wirrungen‹ (1888) die »etwas dalbrige Käthe« und ihr Ehemann Botho (FontHan I, 2, S. 457 und S. 474); in ›Effi Briest‹ steckt der Portier dem Dienstmädchen Roswitha das ›Fremdenblatt‹ zu (FontHan I, 4, S. 245); Fontane sucht an gleicher Stelle den Eindruck zu erwecken, als zitiere er aus dem ›Fremdenblatt‹ die Nachricht vom »Duell zwischen Ministerialrat von I. (Keithstraße) und dem Major von Crampas« (FontHan I, 4, S. 245). Im ›Fremdenblatt‹ veröffentlichte Fontane einige Kriegsgedichte: ›Is nich‹ (2. Juli 1866, Nr. 163; FontBriefe2.Slg 1, S. 248; späterer Titel: ›Berliner

Landwehr bei Langensalza, 27. Juni 1866‹, FontHan I, 6, S. 238), ›Kaiser Wilhelms Rückkehr‹ (17. März 1871, FontHan I, 6, S. 571) und ›Einzug‹ (16. Juni 1871, FontHan I, 6, S. 244–246). Auch in seinen Briefen spricht er gelegentlich vom ›Deckerschen Fremdenblatt‹. Im September 1866 bemühte er sich mit Erfolg um die Aufnahme eines Gedichtes seines Freundes Bernhard von Lepel in das Blatt (FontBriefe Nr. 563, 564 und 565 [22., 25. September und 2. Oktober 1866 an Mathilde von Rohr]).

Die Edition folgt wort- und buchstabengetreu der in Fraktur gesetzten Vorlage in der Annahme, daß sie den Wünschen Fontanes entsprechend gedruckt worden ist. Um die ›Reisebriefe‹ übersichtlich dem Werk Fontanes einzuordnen, wurde dem Titel – analog zu den ›Reisebriefen aus Jütland‹ – »Böhmen 1866« hinzugefügt. Fremdsprachige Ausdrücke und Floskeln, die im Original in Antiqua gebracht sind, erscheinen hier kursiv.

Zu Beginn des elften Kapitels ist in der Druckvorlage durch Abriß Textverlust eingetreten, den der Herausgeber ergänzt und in eckige Klammern gesetzt hat (S. 75/76 und Anmerkung zu S. 75).

Für freundliche Auskünfte dankt der Herausgeber insbesondere Herrn Helmuth Nürnberger, Hamburg, Herrn Hans Werner Klünner, Berlin, und dem Theodor-Fontane-Archiv der Deutschen Staatsbibliothek, Potsdam.

Christian Andree

ANMERKUNGEN

I Dresden

Seite 7: »weiße Binde mit dem rothen Kreuz« – Das in der Genfer Konvention vom 22. August 1864 festgelegte und für kriegführende Mächte verbindliche Neutralitätszeichen zum Schutz von Verwundeten und Kranken sowie deren Pflegepersonal. Die Ausstattung des als Zeitungskorrespondent ins Kriegsgebiet reisenden Fontane mit der Binde entsprach der damaligen Gepflogenheit.

»Zuletzt 1849.« – Während des Dresdener Aufstandes vom 3. bis 5. Mai 1849 rückten preußische Truppen zur Unterstützung der sächsischen Regierung in Dresden ein. Ein Aufenthalt Fontanes in Dresden im Mai 1849 war bisher unbekannt. Man weiß lediglich, daß er 1848/49 mit wirtschaftlichen und literarischen Problemen zu kämpfen hatte (JollesFont S. 345) sowie am politischen Tagesgeschehen regen Anteil nahm (ScheringRev S. 289/90). Diese Reise Fontanes steht möglicherweise mit seiner in einem Brief an Bernhard von Lepel vom 1. März 1849 zugegebenen illegitimen Nachkommenschaft in Zusammenhang. Der Brief wurde erstmals 1960 veröffentlicht (KrügerTunnel S. 20/21).

»Granitstein-Barrikaden Sempers« – Der Sache der Revolution hatte sich auch der Baumeister Gottfried Semper (1803–1879) verschrieben und selbst den Bau und die Verteidigung einer Barrikade geleitet.

Seite 8: »24er Landwehr« – Das Regiment war in Ruppin beheimatet. Fontane nennt es »Unser Regiment« und beschreibt dessen Kämpfe in Dresden 1849 sowie in Böhmen 1866 im Kapitel ›Die Grafschaft Ruppin‹ seiner ›Wanderungen durch die Mark Brandenburg‹ (FontHan II, 1, S. 250/51 und S. 258).

»Oberst v. Mertens« – Oberst Friedrich von Mertens (1808–1896) hatte sich bereits im Krieg gegen Dänemark (1864) ausgezeichnet.

»Königs Johann's und seiner beiden Prinzen« – Johann, König von Sachsen (1864–1873), stand in der deutschen Frage auf seiten Österreichs und verließ bei Ausbruch des Krieges 1866 mit seiner Armee das Land. Seine beiden Söhne und Nachfolger auf dem Thron waren Albert (1828 bis 1902) und Georg (1832–1904).

Seite 10: »Schweizer.« – Fontane hatte vom 26. August bis 21. September 1865 die Schweiz besucht und einen Aufsatz über Land und Leute verfaßt: ›Denkmäler in der Schweiz‹ (FontNym 18 S. 361–370).

Seite 11: »Herr v. Beust« – Friedrich Ferdinand Freiherr (seit 1868 Graf) von Beust (1809–1886) war seit dem 24. Februar 1849 sächsischer Außenminister und seit dem 28. Oktober 1858 auch Ministerpräsident. Sein Kabinett wurde am 15. August 1866 gestürzt. Von 1867 bis 1871 war er Ministerpräsident in Österreich (-Ungarn).

II Nach Prag

Seite 12: »Die 24er« – Siehe Anmerkung zu Seite 8.

»meines Reisegefährten«; – Der Freund Hermann Scherz (1818–1888) begleitete Fontane im August 1866 durch Böhmen (FontHan II [Wanderungen], 1, S. 479–483; Anmerkung zu S. 57 und Nachwort S. 89).

Seite 13: »von Podoll und Podkost, von Sobotka und Gitschin,« – Bei diesen Orten in Böhmen fochten die Preußen zwischen dem 27. und 29./30. Juni 1866 siegreich gegen die Österreicher und Sachsen (FontKrieg1866 1, S. 154–163, S. 184–191 und S. 209–246). Siehe unten Kapitel VII-X, Seite 43–72.

Seite 14: »Hussitenschlacht« – Im Juni 1462 besiegten die Hussiten ein Reichsheer bei Aussig.

»Lowositz.« – Am 1. Oktober 1756 besiegte Friedrich II., der Große (1740–1786), die Österreicher bei Lowositz (Lobositz).

»Theresienstädter Festungsrayons« – Fontane bereiste den böhmischen Kriegsschauplatz während des am 26. Juli 1866 in Nikolsburg geschlossenen Präliminarfriedensvertrags (aufgrund des Waffenstillstands vom 21. Juli) und weilte wohl noch nach dem am 23. August 1866 geschlossenen Prager Frieden in Böhmen. Die Bedingungen des Waffenstillstands gaben Preußen ein Durchfahrtsrecht durch das von Österreichern gehaltene Festungsgebiet Theresienstadt.

Seite 15: »Wallnersche Couplets« – Der Schauspieler und Theaterdirektor Franz Wallner (1810–1876) begründete in seinem Volkstheater die Berliner Lokalposse und führte sie zu allgemeinem Erfolg. Die Couplets in seinen Theaterstücken erfreuten sich großer Beliebtheit.

Seite 16: »empfehlenswerthen Firma« – Ludwig Friedrich Niquet (1808–1886) besaß in Berlin ein Kellerlokal in der Jägerstraße und ein Weingeschäft in der Leipziger Straße.

III Ankunft in Prag. Im »alten Ungeld«

Seite 17: »Dienstmann und Gepäckträger« – Der uniformierte Dienstmann verrichtete gegen Entgelt kleine Arbeitsaufträge; während der Gepäckträger – ebenfalls uniformiert – nur als Kofferträger im Dienst der Eisenbahn tätig war.

Seite 19: »König Georg von Podiebrad« – Georg von Kunstadt, Linie Podiebrad, König von Böhmen (1451 [1458] bis 1471).

Seite 20: »flaggenhafter Appendix« – Fontane spielt auf den sogenannten Mietszettel an, jenes Stückchen Hemd, das kleinen Jungen öfter aus der hinteren Hosenklappe guckte. Der Mietszettel, die Quittung für die bezahlte Miete weist aus, daß »ein Geschäft erledigt« ist.

Seite 21: »König Johann von Böhmen« – Johann von Luxemburg, König von Böhmen (1310–1346).

Seite 22: »Wenzeslav, Boleslav, Wratislav« – Namen mehrerer böhmischer Herzöge und Könige.

IV Prag

Seite 25: »Zündnadelgewehre« – Im Krieg von 1866 trugen erstmals die taktische Überlegenheit, die bessere Feuerbereitschaft und Feuergeschwindigkeit des Zündnadelgewehres wesentlich zum Sieg der preußischen Truppen bei. Das erste epochenmachende – nicht kriegsentscheidende – Gefecht mit Zündnadelgewehren fand während des Schleswig-Holsteinischen Krieges bei Lundby (3. Juli 1864) statt (FontKrieg1864, S. 346–350).

»Carl Lehmann« – Fontane berichtet über den Knaben ausführlich in seinem ›Kriegsbuch von 1866‹ (FontKrieg 1866 1, S. 410/11).

Seite 26: »Oberst-Lieutnant von Gaudy« – Oberstleutnant Fritz Freiherr von Gaudy (1821–1866) hatte Fontane schon während seiner Dienstzeit im Kaiser-Franz-Gardegrenadier-Regiment zu Berlin kennengelernt (FontNym 15,

S. 437; FontKrieg1866 1, S. 406–408, S. 415 und 2, Anhang S. 6 und S. 44).

»An Arab of the street« – Die Engländer bezeichnen einen heimatlosen Gassenjungen als »street Arab«.

»am 21. September« – Demnach sind zumindest die Kapitel ›IV Prag‹ bis ›XI Sadowa – Chlum‹ der ›Reisebriefe‹ nach dem 21. September 1866 verfaßt worden beziehungsweise erschienen (Nachwort S. 96).

»Namenstag des Kaisers« – Dieser Hinweis enthält die eine der beiden Datenangabe innerhalb der ›Reisebriefe‹ zu Fontanes Reise: Franz Joseph, Kaiser von Österreich (1848 bis 1916), wurde am 18. August 1830 geboren (Nachwort S. 88).

»großen Ring« – Der Altstädter Ring ist der Mittelpunkt und historisch bedeutsamste Platz von Prag.

Seite 27: »Kardinal-Erzbischof Fürsten Schwarzenberg« – Friedrich Fürst von Schwarzenberg (1809–1885) war seit 1849 Erzbischof von Prag. Er leitete mit dem Bürgermeister von Prag am 7. Juli 1866 die Verhandlungen über die Besetzung der Stadt durch die Preußen (FontKrieg1866 1, S. 663). Fontane erwähnt ihn auch im Roman ›Graf Petöfy‹ (1884) (FontHan I, 1, S. 685).

»Volkshymne ›Gott, erhalte Franz den Kaiser‹« – Die Volkshymne (Nationalhymne) wurde 1797 von Laurenz Leopold Haschka (1749–1827) gedichtet und von Joseph Haydn (1732–1809) vertont.

»General Vogel von Falkenstein« – General der Infanterie Eduard Ernst Friedrich Vogel von Falkenstein (1797–1885) leitete 1866 die preußischen Operationen gegen die Bundestruppen in West- und Süddeutschland. Am 19. Juli 1866 wurde er vom Oberbefehl der Mainarmee abberufen und zum Generalgouverneur von Böhmen ernannt (FontKrieg 1866 1, S. 41–48 und S. 186/87).

Seite 28: »den kostbarsten Stein in der Mauerkrone der Erde« – Das Zitat konnte nicht verifiziert werden.

V Fahrt durchs Land

Seite 31: »Prinz Friedrich Karl« – Friedrich Karl, Prinz von Preußen (1828–1885), rückte am 23. Juli 1866 mit der ersten Armee über die Oberlausitz nach Böhmen ein (FontKrieg1866 1, S. 131–147).

»Zehn Meilen« – Fontane gibt die Entfernung in preußischen Meilen an: Eine preußische Meile betrug 7 532,48 Meter.

Seite 33: »Kaiser Ferdinand« – Ferdinand I., Kaiser von Österreich (1835–1848; gest. 1875).

»Karl X.« – Karl X. Philipp, König von Frankreich (1824–1830; gest. 1836), verlebte einige Jahre seines Exils in Prag (Oktober 1832 bis Mai 1836).

»Herzogin von Berry« – Caroline, Prinzessin von Sizilien (Bourbon) (1798–1870), Gemahlin Ferdinands, Herzogs von Berry (1778–1820).

»(Henri V)« – Heinrich, Herzog von Bordeaux (1820 bis 1883), bourbonischer Thronprätendent.

»General Herwarth« – General der Infanterie Karl Eberhard Herwarth von Bittenfeld (1796–1884) war 1866 Befehlshaber der preußischen Elbarmeen (FontKrieg1866 1, S. 120–122).

»Tycho de Brahe« – Der dänische Astronom Tycho Brahe (1546–1601) lebte von 1576 bis 1597 am Hof König Friedrichs II. von Dänemark und war seit 1599 kaiserlicher Hofastronom in Prag.

»Kaiser Rudolph II.« – Rudolf II., König von Ungarn (1572), von Böhmen (1575) und römisch-deutscher Kaiser (1576–1612).

Seite 34: »1864,« – Fontane bereiste vom 17. bis 29. Mai und vom 9. bis 29. September 1864 den dänischen Kriegsschauplatz und schrieb die ›Reisebriefe aus Jütland‹ (FontHan 18, S. 219–248; Nachwort S. 92).

»Manderup Parsberg« – Der dänische Reichsrat und Diplomat Manderup Parsberg (1564–1625) hatte im Jahr 1566 in Rostock studiert und sich dort mit seinem Kommilitonen Tycho Brahe duelliert. Fontane erwähnt diese Episode auch in seinen ›Reisebriefen aus Jütland‹ (FontNym 18, S. 243).

»König Frederick II.« – Friedrich II., König von Dänemark (1559–1588).

Seite 35: »Ritters Dalibor« – Der böhmische Ritter Dalibor von Kozojed saß wegen seiner aufrührerischen Taten seit 1420 in einem Festungsturm des Hradschins gefangen. Die Sage von seinem Geigenspiel entstand wohl durch die Folterwerkzeuge »Geige« und »Saite«, mit denen er gepeinigt wurde.

Seite 36: »Zunächst ein Wort über das Land.« – Die Beschreibung von Land und Leuten von Seite 36 bis Seite 43 hat Fontane inhaltlich, teils wörtlich, in das ›Kriegsbuch von 1866‹ übernommen wo er sich selbst als einen anonymen Briefschreiber zitiert (FontKrieg1866 1, S. 97 bis 101; Nachwort S. 91).

Seite 39: »Stechbahn« – Die Stechbahn, der alte Turnierplatz, lag südwestlich des Berliner Schlosses an der Brüderstraße. Die sie umgebenden Bogenlauben wurden 1865 abgerissen. Auch die Anlagen am Gesundbrunnen bei Freienwalde vergleicht Fontane mit der Stechbahn (FontHan II, 1, S. 608).

»der Hostinec, der Gasthof« – 1867 schrieb der vielgereiste Fontane einen Aufsatz über Reisekomfort in der ›Kreuz-Zeitung‹: ›Der deutsche Gasthof, das kosmopolitische Hotel und die Engländer‹ (FontNym 18, S. 371–377).

Seite 40: »hängen die schlecht kolorirten Nachbildungen« – Über ein Wirtshausbild ähnlich schlechter Qualität schreibt Fontane auch in ›Irrungen, Wirrungen‹ (1888) (FontHan I, 2, S. 386).

»Homburg und Baden-Baden« – Fontane hatte im Jahr 1865 eine Rheinreise unternommen (FontNym 18a, S. 1135 bis 1161).

»Genf und Interlaken« – Siehe Anmerkung zu Seite 10.

»Beeskow-Storkow und Finsterwalde:« – Fontane erinnert sich hier wohl an seine Reisen in den Jahren 1861 und 1862 durch das Oderland (Barnim-Lebus), die ihn auch in die Gegend von Beeskow-Storkow führten (FontHan II, 1, S. 696–705 und S. 955–965). ›Eine Osterfahrt in das Land Beeskow-Storkow‹, die zu einem gleichnamigen Kapitel in den ›Wanderungen‹ wurde, unternahm Fontane erst 1881 (FontHan II, 2, S. 469–503).

Seite 41: »persische Pulver« – Ein aus den Blüten der im Kaukasus wildwachsenden Chrysanthemum roseum und Chrysanthemum earneum hergestelltes Pulver, das damals gegen allerlei Ungeziefer verwendet wurde.

Seite 42: »Trautenauer Geschichten« – Nach dem Treffen bei Trautenau am 27. Juni 1866 soll es zu hinterhältigen Schießereien auf preußische Soldaten gekommen sein (FontKrieg1866 1, S. 379–385; Nachwort S. 91).

VII Podoll

Seite 45: »Fransecky und Horn« – Generalleutnant Eduard Friedrich von Fransecky (1806–1890) (FontKrieg 1866 1, S. 144, S. 176–181 und S. 184) und Generalmajor August Wilhelm von Horn (1800–1889) (FontKrieg1866 1, S. 139, S. 148 und S. 184).

Seite 46: »Podoll, wie die Mehrzahl aller Dörfer, ...« – Die Schilderung des Gefechtes am 26. Juni 1866 hat Fontane inhaltlich, teils wörtlich, in das ›Kriegsbuch von 1866‹ übernommen (FontKrieg1866 1, S. 154–163).

Seite 47: »Brigade Poschacher« – Über das weitere Schicksal der österreichischen Brigade unter dem Oberbefehl von Generalmajor Ferdinand Posch von Poschacher (1819 bis 1866) berichtet Fontane im ›Kriegsbuch von 1866‹ (FontKrieg1866 1, S. 602–604).

»Königshügel« und »Eroberung des Dannewerks« – Im schleswig-holsteinischen Krieg hatten die Dänen am 5. Februar 1864 die Befestigungsanlagen zwischen Schlei und Treene, das Dannewerk, kampflos geräumt (FontKrieg1864 S. 79–82).

Seite 48: »General-Major von Bose« – Generalmajor Friedrich Julius Wilhelm von Bose (1809–1894) kämpfte mit seiner Brigade im Gefecht bei Podoll und in der Schlacht bei Königgrätz (FontKrieg1866 1, S. 158–163, S. 513 und S. 718–721).

Seite 49: »Oberst-Lieutnant v. Drygalski« – Oberstleutnant Eugen von Drygalski (FontKrieg1866 1, S. 161).

Seite 50: (Anmerkung): »Fürsten Rohan« – Camille Philippe Fürst von Rohan-Guémenée (1800–1872).

VIII Münchengrätz

Seite 53: »Grab Drigalski's« – Siehe Anmerkung zu Seite 49.

Seite 54: »Musky-Berge« – Gefecht am 28. Juni 1866 (FontKrieg1866 1, S. 176–181).

»Zusammenkunft« – Am 20. September 1833 trafen im Waldsteinschen Schloß zu Münchengrätz Franz II., Kaiser von Österreich (1792–1835), sein Staatskanzler Fürst Klemens Lothar von Metternich (1773–1859) und Nikolaus I.,

Zar von Rußland (1825–1855) zusammen, um sich im Sinn des monarchisch-konservativen Systems der Heiligen Allianz vom 1815 gegen die liberalen Strömungen im Westen Europas zu verbünden. König Friedrich Wilhelm III. (1797–1840) war nicht nach Münchengrätz gekommen; er hatte Kaiser Franz I. bereits Mitte August in Theresienstadt getroffen.

»mehr Pioniere als Pommern« – Die Pommern galten als unbeweglich, wenig zuvorkommend und starrköpfig. Über den pommerschen Charakter folgt noch eine Bemerkung im Kapitel ›Nach Gitschin‹ (S. 65).

Seite 55: »Rieger-Palaczki (etwa wie Waldeck-Jacobi)« – Franz Ladislaus Rieger (1818–1903) und sein Schwiegervater Franz Palacky (Palaczki) (1798–1876) waren Vorkämpfer eines böhmischen Nationalstaates unter der Souveränität der Wenzelskrone. In Analogie zu den beiden tschechischen Nationalisten nennt Fontane zwei führende preußische Demokraten und Mitglieder der preußischen Nationalversammlung von 1848/49: Franz Leo Benedikt Waldeck (1802–1870) und Johann Jacoby (1805–1877).

Seite 57: »Der Dritte« und »Troisième« – Dieses ist der einzige Hinweis in den ›Reisebriefen‹, daß neben Hermann Scherz (Anmerkung zu S. 12) ein zweiter Reisegefährte, der Leutnant im Leibregiment (1. Brandenburgisches) Hans Babo Peter von Rohr (1841–1876), Fontane durch Böhmen begleitet hat (Anmerkung zu S. 70; Nachwort S. 89/90).

»Aera der englischen Wasserwerke« – Die technisch-zivilisatorischen Einrichtungen in England galten damals als besonders fortschrittlich und vorbildlich.

Seite 59: »Kloster« – Das Dorf Kloster lag wesentlich von Münchengrätz (FontKrieg1866 1, S. 168–176 und S. 176 bis 181).

Seite 60: »Kongreß« – Siehe Anmerkung zu Seite 54.

»Undanks-Neutralität« – An dem Verhalten Österreichs und Preußens gegenüber Rußland während des Krimkrieges (1853–1856) zerbrach die Heilige Allianz endgültig, um deren Erhaltung sich besonders Rußland bemüht hatte.

»Erniedrigungstag von Olmütz« – Im Konflikt um die Neuordnung der Bundesverfassung des Deutschen Bundes schlossen Österreich und Preußen unter russischem Druck die Punktation von Olmütz (29. November 1850) ab. Sie bedeutet die Aufgabe der preußischen Unionspolitik.

IX Nach Gitschin

Seite 62: »Unser Weg führt zunächst durch Tannenwald, der ... « – Erhebliche Stücke aus diesem Kapitel hat Fontane inhaltlich, teils wörtlich, in das ›Kriegsbuch von 1866‹ übernommen (FontKrieg1866 1, S. 186–191).

Seite 63: »(Brigade Ringelsheim)« – Dieser österreichische Truppenteil unter dem Oberbefehl des Brigadegenerals Josef Freiherr von Ringelsheim (1810–1893) nahm an den Gefechten zwischen Podoll und Podkost teil (FontKrieg-1866 1, S. 152, S. 168 und S. 186).

Seite 64 und 65: »eine Borcke, ein Massow, ein Dewitz« – Fontane erwähnt den Tod der drei Offiziere auch im ›Kriegsbuch von 1866‹ (FontKrieg1866 1, S. 198).

Seite 65: »Vater hilf« – Die Geschichte wiederholt Fontane im ›Kriegsbuch von 1866‹ (FontKrieg1866 1, S. 198; Anmerkung zu S. 54).

»General v. Steinmetz« – General der Infanterie Karl Friedrich von Steinmetz (1796–1877) erfocht zwischen dem 27. und 29. Juni 1866 die Siege bei Nachod, Skalitz und Schweinschädel (FontKrieg1866 1, S. 284–289).

X Gitschin

Seite 67: »die Seuche« – Seit Ende Juli 1866 herrschte in Böhmen die Cholera. Am schlimmsten wütete sie in Gitschin, Prag, Brünn und einigen anderen größeren Städten (FrontKrieg1866 2, S. 307–310).

Seite 68: »Des Gitchiner Schlachtfeldes« – Das Gefecht um Gitschin am 29./30. Juni 1866 schildert Fontane in ›Kriegsbuch von 1866‹ (FontKrieg1866 1, S. 205–246).

»In der Karthause, die er selbst gestiftet« – Schiller, ›Wallensteins Tod‹, letzte Szene (V, 12).

Seite 69: »große Friedländer« – Über die Stätte der letzten Ruhe des kaiserlichen Generalissimus Albrecht Eusebius Wenzel von Wallenstein, Herzog von Friedland und Mecklenburg (1583–1634), berichtet Fontane auch im ›Kriegsbuch von 1866‹ (FontKrieg1866 1, S. 165/166). Wallenstein ruht seit 1785 in der Annen-Kapelle der Waldsteinschen Schloßkirche zu Münchengrätz.

Seite 70: »als sie ihren Offizier eintreten sahen, ...« – Hans von Rohr, einer der beiden Reisegefährten Fontanes, war Leutnant im Leibregiment (1. Brandenburgisches), das an den Kämpfen um Gitschin teilgenommen hatte (FontKrieg1866 1, S. 227; Anmerkung zu S. 57). Die Schilderung des Besuches im Lazarett zu Lomnitz hat Fontane in das ›Kriegsbuch von 1866‹ übernommen (FontKrieg1866 1, S. 244).

XI Sadowa – Chlum

Seite 75: »[Unser] Besuch galt dem ›großen Schlachtfelde‹.« – Hier ist in der Vorlage durch Abriß Textverlust eingetreten, den der Herausgeber ergänzt und in eckige Klammern gesetzt hat. Die Worte »[jüngerer Zeit]« wurden analog zu einer Formulierung Fontanes im ›Kriegsbuch von 1866‹ gewählt, wo es heißt »der größte Reiterkampf der neueren Zeit« (FontKrieg1866 1, S. 620). Die Zeitangabe »[nun sieben Wochen]« macht Fontane selbst weiter unten (S. 84, Anmerkung zu S. 84; Nachwort S. 96). Der Aufbau des Kapitels entspricht dem der Einleitung (›An der Bistritz. Terrain Aufstellung‹) zum Kapitel ›Königgrätz‹ in ›Kriegsbuch von 1866‹ (FontKrieg1866 1, S. 469–474).

Seite 76: »Benedek« – Der Oberbefehlshaber der österreichischen Truppen in Böhmen und Gegenspieler der Preußen im Krieg von 1866 war der Feldzeugmeister Ludwig August Ritter von Benedek (1804–1886).

Seite 77: »General Hiller von Gärtringen« – Generalleutnant Wilhelm Freiherr von Gaertringen (1809–1866) (FontKrieg1866 1, S. 634–636, S. 651/52 und Anhang S. 14).

Seite 78: »Anton von Hohenzollern« – Prinz Anton von Hohenzollern-Sigmaringen (1841–1866) (FontKrieg1866 1, S. 596/97, S. 631/32 und S. 636/37.

»Kronprinz« – Friedrich Wilhelm (Friedrich III.), Kronprinz von Preußen (1831–1888).

Seite 78 und 79: Die beiden Landkarten entstammen der Vorlage und wurden originalgetreu nachgezeichnet. Die Legenden der Berlin-Kreuzberg-Karte wurden zum besseren Verständnis ergänzt.

Seite 80: »Dustre Keller« – Der Name dieses Lokals geht auf eine alte Flurbezeichnung in den Cöllnischen Weinbergen zurück, von der Friedrich Nicolai in seiner ›Beschreibung der Königlichen Residenzstädte Berlin und Potsdam‹ (3. Auflage Berlin 1786, S. 208) zu berichten weiß.

»Hopfsche Brauerei« – Georg Leonhard Hopf (gest. 1844) hatte dort im Jahr 1838 eine Brauerei errichtet.

»Kuhnheimsche Fabrik« – Samuel Heinrich (Hirsch) Kunheim (1781–1848) hatte dort im Jahr 1832 eine chemische Fabrik erbaut.

Seite 81: »Oberst-Lieutnant v. Pannewitz« – Oberstleutnant Hermann Eduard von Pannewitz (1815–1866) (FontKrieg-1866 1, S. 583, S. 646 und 2, Anhang S. 18).

Seite 83: »Oberst von Zychlinski« – Oberst (später General der Infantrie) Franz Szeliga Zychlin von Zychlinski (1816–1900) hatte schon an den Kämpfen um Münchengrätz teilgenommen und in der Schlacht bei Königgrätz mitgekämpft (FontKrieg1866 1, S. 176/177, S. 518 und S. 524 bis 258, Nachwort S. 92/93).

Seite 84: »nach sieben Wochen« – Die Schlacht bei Königgrätz fand am 3. Juli 1866 statt. Also hat Fontane Sadowa– Chlum wohl um den 21. August besucht (Nachwort S. 88).

Seite 85: »Lieutnant v. Maltzahn« – Leutnant Hans Gustav Freiherr von Maltzahn (1842–1866) (FontKrieg1866 2, Anhang S. 14).

Graf Clam Gallas« – General der Kavallerie Eduard Graf von Clam-Gallas (1805–1891), Oberbefehlshaber des österreichischen I. Armeecorps, hatte das Gefecht bei Podoll und Gitschin verloren (FontKrieg1866 1, S. 248–251).

»zu Ehren des Sieges von Custozza« – Am 24. Juni 1866 hatten die Österreicher auf dem italienischen Kriegsschauplatz bei Custozza bei Verona einen glänzenden Sieg erfochten.

»Das Kriegsgericht hat ihn freigesprochen« – Zu einem ordentlichen Gerichtsverfahren gegen den Grafen Clam-Gallas ist es nicht gekommen. Aufgrund der Ermittlungen der Voruntersuchungskommission, die am 13. Juli 1866 eingesetzt wurde, erging das Urteil – Freispruch – am 13. Otkober 1866 mittels Allerhöchstem Handschreiben an den Grafen persönlich. Den Brief des Kaisers zitiert Fontane im ›Kriegsbuch von 1866‹ (FontKrieg1866 1, S. 248/49). Das letzte Kapitel der ›Reisebriefe‹ kann also erst nach jenem 13. Oktober verfaßt worden sein (Nachwort S. 96).

Seite 86: »Ein Offizier«, – Major Rudolf Freiherr von Wechmar (1823–1881) vom Stab des Generals Steinmetz begleitete Fontane auf der Rückreise nach Berlin (Nachwort S. 90). »Görlitzer Bahnhof« – Fontane beendete seine Reise in Berlin, Görlitzer Bahnhof.

Berliner Fremden- und Anzeigeblatt.

Erscheint täglich zweimal,

Redaction und Expedition:
Wilhelmstraße Nr. 75.

Mit einer Gratis-Beilage, sechs Mal im Quartale erscheinend:
AMTLICHES POST-CIRCULAR.
Verlag der Königlichen Geheimen Ober-Hofbuchdruckerei (R. v. Decker).
Fünfter Jahrgang.

Abonnementspreis

Insertionspreis

№ 224. Morgen-Blatt. Sonntag den 5. August 1866. Morgen-Blatt. № 224.

Zeitungskopf des sogenannten Deckerschen Fremdenblattes, Ausgabe anläßlich der siegreichen Rückkehr König Wilhelms I. vom Kriegsschauplatz in Böhmen, aus den Beständen der Staatsbibliothek Preußischer Kulturbesitz, Berlin

SIGLENVERZEICHNIS

FontKrieg1864	Th. Fontane, Der Schleswig-Holsteinische Krieg im Jahre 1864, Berlin 1866
FontKrieg1866	Th. Fontane, Der deutsche Krieg von 1866, 2 Bände, Berlin 1870/71
FontKrieg-1870/71	Th. Fontane, Der Krieg gegen Frankreich 1870–1871, 2 Bände, Berlin 1873 und 1876
FontBriefe-2.Slg	Th. Fontane, Briefe, Zweite Sammlung, herausgegeben von O. Pniower und P. Schlenther, 2 Bände, Berlin 1910; unveränderte Neuausgabe unter dem Titel: Briefe an seine Freunde, Berlin 1925
KehlerFont	Th. Fontane, Neunundachtzig bisher ungedruckte Briefe und Handschriften, herausgegeben und mit Anmerkungen versehen von R. von Kehler, Berlin 1936
FrickeEmFont	H. Fricke, Emilie Fontane, mit unveröffentlichten Gedichten und Briefen von Theodor und Emilie Fontane, (Veröffentlichung aus dem Theodor-Fontane-Archiv der Brandenburgischen Provinzial-Verwaltung), Berlin 1937
FontLetAusl	Th. Fontane, Briefe an seine Freunde, Letzte Auslese, herausgegeben von Fr. Fontane und H. Fricke, 2 Bände, Berlin 1943
FontNym	Th. Fontane, Sämtliche Werke, herausgegeben unter Leitung von K. Schreinert (†) und H. Kunisch, [bisher] 23 Bände in 5 Abteilungen, München: Nymphenburger Verlagshandlung [erscheint seit] 1959
FrickeFontChron	H. Fricke, Theodor Fontane, Chronik seines Lebens, Berlin 1960

KrügerTunnel	J. Krüger, Neues vom Tunnel über der Spree. In: Marginalien, Blätter der Pirckheimer-Gesellschaft 7, 1960, S. 13–24
JollesFont	Ch. Jolles, Fontanes Mitarbeit an der Dresdener Zeitung. In: Jahrbuch der Deutschen Schillergesellschaft 5, 1961, S. 345–375
FontHan	Th. Fontane, Sämtliche Werke, Romane, Erzählungen, Gedichte, herausgegeben von W. Keitel und H. Nürnberger, [bisher] 11 Bände in 3 Abteilungen, München: C. Hanser [erscheint seit] 1962; 2. Auflage unter dem Titel: Werke, Schriften, Briefe, München [seit] 1970
FrickeFontKrieg	H. Fricke, Theodor Fontane »Der deutsche Krieg 1866« und seine militärgeschichtlichen Helfer, mit unbekannten Briefen von und an Th. Fontane. In: Jahrbuch für die Geschichte Mittel- und Ostdeutschlands 15, 1966, S. 203–224.
ReuterFont	H.-H. Reuter, Fontane, 2 Bände, Berlin 1968 [auch München 1968]
FontBriefe	Th. Fontane, Briefe, herausgegeben von K. Schreinert und Ch. Jolles, 4 Bände, Berlin 1968–1971
ScheringRevol	E. Schering, Von der Revolution zur preußischen Idee, Fontanes Tätigkeit im Mutterhaus Bethanien und der Wandel seiner politischen Einstellung. In: Zeitschrift für Religions- und Geistesgeschichte 12, 1970, S. 289–323
FontBriefeHertz	Th. Fontane, Briefe an Wilhelm und Hans Hertz, 1859–1898, herausgegeben von K. Schreinert und G. Hay, Stuttgart 1972